DREAMBOOKS

# 수라왕 13

이대성 신무협 장편소설

dream books
드림북스

# 수라왕 13

초판 1쇄 인쇄 / 2015년 7월 17일
초판 1쇄 발행 / 2015년 7월 27일

지은이 / 이대성

발행인 / 오영배
책임편집 / 편집부
펴낸 곳 / (주)삼양출판사 · 드림북스

주소 / 서울시 강북구 도봉로 173
대표 전화 / 02-980-2112 팩스 / 02-983-0660
편집부 전화 / 02-980-2116 팩스 / 02-983-8201
블로그 / blog.naver.com/dreambookss

등록번호 / 제9-00046호
등록일자 / 1999년 3월 11일



값 9,000원



ISBN 979-11-313-0265-1(04810) / 978-89-542-5433-5 (세트)

* 지은이와 협의하에 인지는 생략합니다.
* 잘못된 책은 구입한 곳에서 바꾸어 드립니다.

이 도서의 국립중앙도서관 출판시도서목록(CIP)은 서지정보유통지원시스템홈페이지(http://seoji.nl.go.kr)와
국가자료공동목록시스템(http://www.nl.go.kr/kolisnet)에서 이용하실 수 있습니다. **(CIP제어번호: 2015019227)**

# 수라왕 13

이대성 신무협 장편소설

dream books
드림북스

# 차례

# 第一章
# 목적

거북이는 근엄한 얼굴로 입을 열었다.

[내 이름은 무천(舞天)이라 하오. 소저, 그대의 이름은 무엇이오?]

"제 이름은 공손아리라고 해요. 여기는 린과 령. 저를 보호하고 도와주는 사람이지요."

[그렇구려. 신분이 높은 모양이오?]

공손아리는 손가락으로 머리카락을 돌돌 말며 입을 열었다.

"그렇지도 않아요."

[흐음.]

무천.

그는 지금 몸집을 작게 줄여 놓고 있었다.

이동을 쉽게 하기 위해서였다.

공손아리의 손바닥에 올라갈 정도로 작아진 그는 현재 그녀의 손바닥 위에서 주변을 두리번거리고 있었다.

그래 봐야 마차 안이어서 별로 볼 것도 없었지만 그는 이런 식으로 이동하는 것 자체가 신기한 모양이었다.

잠시 지느러미 같은 앞발로 턱을 긁적이던 무천은 문득 옆을 돌아보며 입을 열었다.

[그러고 보니 소저는 우리 아우님 이름이 무엇인지 알고 있소?]

거북이 무천이 말하는 '우리 아우님'.

멍한 얼굴로 곁에 앉아 있던 막수가 자신을 내려다보는 거북이의 시선에 퍼뜩 정신을 차리며 낮게 이를 갈았다.

그 모습에 공손아리가 서둘러 입을 열었다.

"마, 막수. 막수 님이에요!"

[그렇소. 우리 아우님 이름이 잠깐 안 본 사이에 바뀌었다고 하더구려. 참으로 좋은 이름이지 않소?]

"네."

공손아리는 대답을 하면서도 조마조마한 얼굴로 막수의 눈치를 살폈다.

당장이라도 발작할 듯이 거북이를 노려보는 막수였지만, 그렇게 노려보는 외에 그는 아무런 행동도 취하지 못했다.

'내가 정말 저딴 녀석을 형님으로 모시겠다고 했단 말인가…….'

아무리 급한 상황이었기로서니, 저런 느림보에 멍청한 녀석을 형님으로 모시겠다는 약속을 하다니?

이건 악몽과도 같은 일이었다.

초류향과 한 약속과는 그 무게 자체가 달랐다.

'인간은 빨리 죽기라도 하지…… 저놈은…….'

거기까지 생각하던 막수는 서서히 공포에 질렸다.

저 거북이 녀석은 오히려 자신보다 더 오래 살 녀석이 아니던가?

그런 놈을 형님으로 모시겠다고 했으니…….

이건 큰일도 보통 큰일이 아니다.

[역시 세상은 참으로 좁소. 평생 만날 일이 없을 줄 알았건만…… 이렇게 아우님을 다시 만나니 기쁘기 그지없소.]

[…….]

막수는 입술 끝을 씰룩거리며 분노를 가라앉혔다.

한 주먹감도 안 될 정도로 작아진 무천의 모습을 보며 주먹으로 한 대 치고 싶은 충동을 가까스로 억제하고 있는 것이다.

'기쁘냐, 이 새끼야?'

당시 막수는 다시는 무천을 볼 일이 없을 것이라 생각하고 우선 급한 불은 끄고 보자는 마음에 아무렇게나 지껄였을 뿐이다.

한데 어쩌다가 이런 사태가 벌어진 것일까?

막수가 절망에 가득 찬 얼굴을 하고 있을 때.

무천이 특유의 느릿한 어투로 입을 열었다.

[그나저나 큰일이네, 아우님.]

아우.

너무도 어색하고 열불이 치솟는 단어였지만 약속은 약속이다.

약속이라는 절대적인 제약 앞에 막수가 끓어오르는 분노를 참으며 놈을 노려보았다.

[……뭐가……요?]

떼어지지 않는 입을 열어 간신히 묻자 무천이 걱정 근심이 가득한 얼굴로 입을 열었다.

[육지는 햇살이 너무 뜨겁지 않은가? 이 형님은 바다의 귀족. 뜨거운 햇살은 견디기가 무척 힘이 드는구먼.]

'그래서 어쩌라고?' 라는 말을 가까스로 삼키며 막수가 무천을 바라보았다.

[뭐 필요한 게 있어……요?]

존댓말이라는 게 정말 입에 붙지 않았다.

막수는 전신을 덜덜 떨면서 겨우겨우 힘들게 대답했다.

그런 막수의 심정을 아는지 모르는지 무천은 지느러미를 파닥거리며 근엄하게 말했다.

[빛을 가릴 만한 것이 필요하네. 눈이 너무 따가워서…….]

작아진 무천이 괴로워하는 얼굴을 보니 막수는 은근히 기분이 좋아졌다.

그리고 애초에 막수는 그를 제대로 도울 생각이 전혀 없었다.

[견뎌야지요, 형님. 별도리가 없지 않겠습니까?]

기분이 좋으니 존댓말도 쉽게 흘러나왔다.

막수가 눈웃음까지 치며 말하자 무천은 눈을 가늘게 뜬 채 작은 신음을 흘렸다.

[으음…….]

공손아리가 자신의 손바닥 위에 올라가 있는 무천을 걱정스러운 듯이 들여다보며 물었다.

"많이 아프세요?"

무천은 작게 고개를 끄덕이며 말했다.

[……아무래도 좀 괴롭긴 하오.]

바다의 귀족이고, 모든 수중 생물들을 수족처럼 부리는 무천이었지만 육지에서는 지니고 있는 힘의 십분의 일도 제대로 쓰지 못했다.

그래서 그의 단단한 육신은 금세 균형이 무너지고, 이곳저곳이 아픈 것이다.

'걸어서 바다로 가고 싶지만…….'

그것도 사실 쉽지가 않았다.

막수가 도와준다면야 금방이라도 가능할 테지만 저 태도를 보면 도와주기는커녕 방해나 하지 않으면 다행일 터.

여러 가지로 난처한 상황이었다.

조금이라도 힘을 낭비하지 않으려면 등껍질 속으로 몸을 완전히 숨겨야 하는 것이다.

[끙…….]

이리저리 몸을 비틀어 보던 무천은 결국 견디지 못하고 전신을 등껍질 속으로 파묻었다.

그렇게 등껍질에 몸을 쏘옥 숨긴 채로 무천이 입을 열어 말했다.

[밤이 되면 말해 주시오. 소저.]

"네. 무천 님."

태양이 떠 있을 때는 마차 안에 있더라도 공기가 너무 따가웠다.

밤이 되면 그래도 비교적 괜찮아질 터.

'꼴좋구나, 느림보 자식.'

막수는 무천을 보며 흐뭇하게 미소 지었다.

이놈을 형님으로 모실 생각을 하니 이래저래 배알이 뒤틀렸는데, 낮에는 계속 저런 볼썽사나운 모양을 하고 있을 거라 생각하니 그건 제법 나쁘지 않았다.

'그래도…….'

막수는 다시 한 번 크게 반성했다.

지금도 그렇지만 과거에도 자신은 너무 함부로 내기를 하고 덥석덥석 약속을 해 버린다.

그것이 나중에는 이렇게 난감한 문제가 되어 어마어마하게 되돌아오지 않는가?

특히나 이번처럼 '인간이 아닌' 존재와의 약속은 가끔 인간들과 장난으로 내기를 하는 것과는 비교가 되지 않는 일이었다.

'자제해야겠다.'

무천을 만나서 막수는 난생처음 스스로의 행동에 대해 깊이 있는 반성이라는 것을 해 보게 되었다.

*　*　*

초류향은 약제당으로 향했다.

중원으로 가기 전에 꼭 만나고 가야 할 사람이 그곳에 있었던 것이다.

"오, 오셨습니까? 교주님."

"……."

초류향은 자신을 보며 바짝 경직되어 있는 갈문적을 힐긋 바라보았다.

지난번의 그 일 이후로 갈문적은 그만 보면 이렇게 얼어붙어 버렸다.

하나 초류향에게는 굳이 그 공포심을 해소할 생각이 없었다.

오히려 이자가 화령에게 어떤 짓을 했을지 상상이 가기에 지금 당장이라도 죽여 버리고 싶은 것을 간신히 억제하고 있는 상황이었다.

"상태는 어떤가?"

"무리하지 않는 선에서 독기를 천천히 제거하고 있습니다. 조만간 몸뚱이에 있는 독기는 다 제거할 수 있을 듯합니다. 헤헤헤……."

이건 사실 엄청난 성과였다.

독인의 몸 속에 녹아 들어가 있는 독은 보통의 독과는 그 격이 달랐다.

때문에 어중간한 실력으로는 함부로 취급할 수가 없었다.

하나 선우조덕과 갈문적은 서로의 지식을 공유해서 그 독기를 치밀하게 제어하기 시작했고, 덕분에 아주 적은 양이지만 꾸준하게 독을 외부로 빼낼 수 있었던 것이다.

자랑스럽게 웃는 갈문적을 가만히 지켜보던 초류향이 입을 열었다.

"그래서 언제쯤 정신을 차릴 수 있을 거라 생각하지?"

독기를 얼마나 빼냈든, 그 양이 적든 많든, 그것은 중요하지 않았다.

화령이 완전히 제정신을 차리는 것이 언제인지가 중요했다.

초류향의 질문에 갈문적은 잠시 대답을 못 하고 버벅거리기 시작했다.

곤란한 이야기를 해야 했기 때문이다.

"저, 그것이……."

망설이며 말을 돌리려던 갈문적은 결국 자신을 뚫어질 듯 바라보는 초류향의 시선을 견디지 못하고 있는 그대로의 사실을 털어놓았다.

"사실 몸에 있는 독기는 조금씩이나마 빼면 그만이지만 아무래도 뇌 부분에 있는 독기는 쉽사리 건드리기 어렵습니다, 교주님. 시간을 두고 차근차근 해야……."

"시간을 주면 완치는 시킬 수 있는 건가?"

"……그것도 솔직히는……."

갈문적이 어두운 안색으로 입을 열었다.

거짓말이라도 장담하기 어려웠다.

지금처럼 화령의 몸 속에 가득 차 있는 독을 빼내는 것만 해도 사실 기적에 가까웠으니까.

그보다 복잡한 머리 쪽은 더더욱 함부로 건드릴 수 없었다.

잠시 무언가를 고민하던 초류향이 입을 열었다.

"잠깐 화령과 단둘이 있고 싶은데 괜찮은가?"

"예에. 사실 이제 안정기라서 급격한 상황 변화는 없을 겁니다, 교주님."

갈문적은 말을 하면서 손에 들고 있던 약병을 탁자에 올려 둔 후 문을 열고 조심스럽게 바깥으로 나갔다.

화령과 단둘이 있을 시간을 마련해 준 것이다.

탁—

문이 닫히고 갈문적의 기척이 멀어지자 초류향이 입을 열었다.

"오랜만입니다. 화령 님."

"……."

화령은 미동도 없이 누워 있었다.

그런 화령을 내려다보며 초류향은 희미하게 미소 지었다.

"요 근래 잊어버렸던 지난 오 년간의 기억들이 조금씩조금씩 떠오르고 있습니다."

오 년간의 공백.

그것들이 아주 느릿느릿하지만 분명하게 떠오르고 있었다.

굳이 노력하지 않아도 기억들이 차츰차츰 공백을 메워 가기 시작한 것이다.

그리고 그 메워지는 기억들 사이에서 가장 선명한 것은 역시 운휘와 화령의 기억이었다.

"정말로 저 때문에 고생 많이 하셨습니다, 두 분. 제가 보답을 하고 싶은데 지금은 딱히 해 드릴 게 없어서 괴롭습니다. 사실 운휘 님에게도 아직 이런 말을 못 했어요. 직접적으로 이야기하기엔 낯간지러웠거든요."

『…….』

운휘는 그림자 속에 숨어 있다가 움찔하며 놀란 얼굴을 해 보였다.

하나 입을 열어 굳이 말하지 않았다.

이건 자신에게 한 말이 아니라 누워 있는 화령에게 하는 말이라 여긴 것이다.

"어서 빨리 자리에서 일어나세요, 화령 님. 기다리겠습니다. 몇 년이건 기다릴 테니 돌아오시면 저에게 당당히 보답을 요구하세요."

초류향은 말을 하다가 무의식적으로 화령의 손을 꼬옥 잡았다.

그리고 눈썹을 꿈틀거렸다.

화령이 완전한 독인이었을 때는 손이 뱀처럼 차갑더니 지금은 많이 따뜻해져 있었다.

이건 그녀가 회복되어 간다는 확실한 증거였다.

잠시 화령의 손을 잡고 있던 초류향이 멍한 얼굴로 작게 입을 열었다.

"그래도…… 죽지 않고 어떻게든 살아남아 줘서…… 정말로 고맙습니다."

죽지 않고 살아 있으면 언제든 보답할 수 있는 기회가 있다.

지금의 초류향에게는 그것이면 되었다.

초류향은 자는 듯이 누워 있는 화령을 내려다보다가 몸을 일으켰다.

"다음에 또 오겠습니다."

"……."

화령은 여전히 말이 없었고, 초류향은 그런 화령을 바라보다 밖으로 나섰다.

기억이 없는 동안.

심지어 운휘마저도 없는 기간 동안 초류향은 화령과 많은 대화를 나누었다.

'일방적으로 그녀가 나에게 말을 건 것이지만…….'

평소에 운휘와 함께 있을 때는 그렇게 말수가 적어 보였던 화령이 초류향과 단둘이 남게 되자 이것저것 화제를 바꿔 가며 많은 이야기를 쏟아 낸 것이다.

'즐거워 보였다.'

사실 그동안 초류향이 기억하는 화령은 늘 어두운 얼굴뿐이었다.

자신의 하녀가 되었을 때도 그러했고, 그 이후로도 줄곧 어둡거나 무표정한 얼굴을 유지했다.

그런데 초류향과 단둘이 남게 되었을 때.

그때만은 유일하게 화령이 무척이나 즐거워 보였다.

맨정신일 때는 단 한 번도 본 적 없었던 웃음도 종종 보여 주었던

것이다.

혼자서 이런저런 이야기들을 해 주었고, 백치 상태였던 초류향은 그 이야기를 들으며 고개를 끄덕여 주었다.

의미도 모르면서 한 행동이었지만 그것이 그녀에게 많은 위로가 되었다는 것을 이제야 알 수 있었다.

'대화할 사람이 필요했던 것인가…….'

그녀의 삶은 당시의 초류향이 다 들을 수 있었다.

표현은 서툴렀지만 그만큼 그녀가 입에 담는 단어와 말들은 진솔했고, 꾸밈이 없었다.

그렇게 듣게 된 그녀의 삶은 정말이지 너무도 불행했다.

그녀는 스스로가 소모품이라는 것을 알았기에 삶에 대해 그 어떤 애착도, 희망도 품지 않았다.

"그러다 소교주님을 만난 겁니다. 그때부터 제 삶은 완전히 바뀌었어요."

초류향은 그때 당시 화령의 약간 들뜬 듯한 목소리가 아직도 귓가에 맴돌았다.

그녀는 자신의 삶을 구원해 준 사람이 초류향이라 말했다.

하나 그 대가로 저런 상태가 된 것은 정말 옳지 않은 일이었다.

초류향은 초혜정으로 돌아가다가 뒤를 돌아보았다.

진심으로 화령이 어서 기억을 되찾아 행복해졌으면 좋겠다고 생각했다.

잠시 복잡한 얼굴로 서 있던 초류향이 무언가 결심한 표정으로 몸을 돌렸다.

초혜정으로 되돌아가는 그의 발걸음이 조금 전보다 훨씬 가벼워졌다.

*　　*　　*

“부럽구만. 저렇게 신경 써 주는 사람도 있고.”

갈문적은 미동도 없이 누워 있는 화령을 잠시 복잡미묘한 얼굴로 바라보았다.

교주가 된 초류향에게는 정말 무시무시한 악명이 따라다녔다.

아주 어렸을 때부터 수십, 수백 명의 사람들을 학살했기 때문이다.

‘하긴 자기를 죽이러 온 사람들한테 나 죽여 줍쇼, 하고 죽어 줄 순 없는 노릇이지.’

초류향의 입장에서는 그저 살기 위해서 적들을 죽였을 뿐이지만, 적들은 그가 살기 위해 그러한 행동을 했다는 것은 기억하지 못했다.

그저 초류향의 무서운 힘만 기억할 뿐이다.

‘수라마군…….’

갈문적은 작게 진저리를 친 후 조심스럽게 화령의 팔뚝에 박아 놓은 거대한 침을 빼내며 입을 열었다.

"나도 네가 멀쩡하게 살아나길 정말로 바라고 있다. 뭐, 믿지는 않겠지만."

선우조덕과 함께 일을 하는 동안 갈문적은 새삼 깨달은 바가 많았다.

그동안 죽은 자들만 다뤄 오며 익혔던 기술을 살아 있는 사람에게 적용하자 그전에는 느낄 수 없었던 새로운 기분이 들었다.

사람을 살리는 작업에 어떤 알 수 없는 희열을 느꼈던 것이다.

'게다가 그것이 독인이라면야 더할 나위가 없지.'

독인을 만들기도 어려운데 본래의 상태로 되돌려 놓는다?

이것은 그동안 경험해 보지 못했던 새로운 차원의 도전이었다.

혼자였다면 감히 엄두도 내지 못했겠지만, 선우조덕이라는 당대에 비할 바 없는 의술을 지닌 자와 함께 작업하니 희망이 보였다.

쪼르륵—

검게 죽어 있는 피가 화령의 팔뚝에서부터 조금씩 흘러나왔다.

그것을 조심스럽게 약병에 받아 넣으며 갈문적이 말했다.

"확실히 예전보다 피 색깔이 옅어졌구만."

독인의 피는 그 자체만으로도 엄청난 맹독이었다.

그런 맹독을 쉬지 않고 다뤄야 하는 작업을 하고 있는 갈문적은 수시로 입에 해독제를 털어 넣으며 중얼거렸다.

"아무튼 어서 일어나라. 그래야 너도 좋고 나도 좋지."

갈문적은 피를 어느 정도 뽑아낸 다음 화령의 상체를 일으켰다.

다시 침을 꽂아 둔 후.

화령의 입을 벌린 그는 옆에 놓여 있던 다른 약병을 꺼내 들었다.

그 약병에 든 걸쭉한 액체를 화령에게 먹이며 갈문적이 혼잣말을 했다.

"자, 이제 이거만 먹으면 오늘 할 일은 끝…… 응?"

꿈틀—

갈문적은 멈칫하며 놀란 눈을 해 보였다.

그리고 화령의 손끝을 유심히 바라보았다.

'분명 움직였지?'

화령은 완벽하게 수면 상태에 빠져 있었기에 움직일 수 없는 상황이었다.

그런데도 움직였다?

갈문적은 눈을 가늘게 뜨고 화령을 관찰했다.

등에서 식은땀이 흘렀다.

지금 여기서 화령이 잠에서 깬다면 어떤 결과가 벌어질지 너무도 훤했기 때문이다.

한참을 숨죽이고 지켜보았지만 화령은 아무런 움직임을 보이지 않았다.

'착각이었나?'

역시 움직일 리가 없다.

씁쓸하게 웃으며 갈문적이 다시 약병을 집어 들 때.

화령의 손끝이 감전이라도 된 것처럼 부르르 떨리기 시작했다.

"크헉!"

갈문적은 심장이 떨어질 정도로 놀란 얼굴을 해 보였다.

'깨어나려는 건가?'

얼굴이 새하얗게 질린 채 갈문적이 주변을 둘러보았다.

지금 화령은 선우조덕이 그 엄청난 침술을 발휘해서 강제로 재워 놓은 상태였다.

한데 그것이 풀리는 것일까?

만약 지금 화령이 잠에서 깨어난다면 이 근방에 있는 자들은 모조리 죽어 나갈 것이다.

'물론 가장 먼저 내가 죽겠지.'

무슨 방법이 없을까?

어떻게 해야 할까?

갈문적이 필사적으로 머리를 굴리는 사이.

부르르 떨리던 화령의 손이 다시 잠잠해졌다.

이어서 화령이 옅고 고른 숨을 내쉬기 시작했다.

잔뜩 긴장한 얼굴로 한동안 그 모습을 살피고 있던 갈문적은 안도했다.

방금 전에 화령이 발작했던 이유가 무엇인지 알아챘던 것이다.

'쯧, 꿈을 꾼 것이냐?'

저렇게 반쯤 죽어서 시체가 된 거나 마찬가지인 상황에서도 꿈을 꾸는 모양이었다.

그것이 무슨 꿈인지는 알 수 없지만.

하나 한 가지 확실한 것은 아무것도 기억하지 못하는 상황이 분명함에도 꿈을 꾸었다는 것이다.

"여태 그런 적이 없더니 왜……?"

교주 초류향이 다녀간 이후로 이런 현상이 벌어지니 알다가도 모를 일이었다.

잠시 고민하던 갈문적은 곧 대수롭지 않은 얼굴로 다시 화령에게 약물을 먹이기 시작했다.

*　　*　　*

초류향은 전박의 집무실을 은밀히 찾아갔다.

야심한 밤이었지만 역시 초류향의 예상대로 전박은 잠을 자지 않고 여러 문서를 들여다보며 열심히 무언가를 셈하고 있었다.

탁— 타각—

주판을 두들기는 소리가 일정하게 들려오는 가운데 그 모습을 바라보고 있자니 초류향은 이상하게 마음이 편안해졌다.

'한결같음이 이런 걸까?'

초류향이 알기로 전박은 굉장히 젊었을 때부터 이 직무를 수행해 왔다고 들었다.

사실 전박의 무공은 그다지 강력하지 않았다.

초류향이 보았을 때 그는 겨우 절정 고수에 들어선 정도였다.

다른 호법들에 비하면 압도적으로 무공이 모자랐지만 그가 가진 계산 능력과 재무에 관한 재능은 타의 추종을 불허했다.

때문에 전대 교주였던 공손천기는 무사보다 문사에 가까운 그에게 이례적으로 호법의 직위를 내렸다고 했다.

'엄청나게 파격적인 대우였지…….'

순수한 강함만을 숭상하는 천마신교에서 그에게 이런 대우를 해준 것은 정말 엄청난 사건이었다.

전박이 가진 실무적인 능력이 다른 호법들의 '무력'에 견줄 만큼 대단하다 인정해 준 것이다.

그만큼 전박은 언제 어떤 상황에서든 흔들림 없이 천마신교를 잘 꾸려 왔고, 그 때문에 그의 직위에 대해 불만을 가진 이는 아무도 없었다.

그렇게 그는 지옥마제 시절 천마신교에 들어온 이후로 벌써 세 번째 교주를 모시고 있었다.

잠시 동안 전박의 안정적이고 고요한 업무를 지켜보고 있던 초류향은 작게 인기척을 흘렸다.

그러자 일을 하고 있던 전박이 멈칫거리며 뒤를 돌아보았다.

"이 시간에 이곳까지 무슨 일이십니까, 교주님?"

초류향은 입가에 가느다란 미소를 그리며 전박을 바라보았다.

"업무가 많지 않으십니까?"

전박은 슬쩍 뒤를 돌아보았다가 다시 초류향을 응시하며 담담하게 말했다.

"이 정도야 늘상 해 오던 일입니다."

웬만한 사람의 키보다 높이 쌓여 있는 문서를 바라보며 초류향이 어색하게 웃어 보였다.

"항상 고생하시는 것에 감사드립니다."

"제가 좋아서 하는 일이니 괘념치 마십시오."

좋아서 하는 일.

그 말 그대로였다.

전박은 이렇게 무언가를 만들고 꾸려 나가는 것을 정말로 좋아했다.

셈에도 자신이 있었고, 무언가를 구상해서 계획을 세우고 추진력 있게 밀고 나가는 데에도 역시 재능이 있었다.

그에게 천마신교라는 단체는 말 그대로 숨을 쉴 수 있게 해 주는 공기와도 같았다.

"이 늙은이에게 무언가 하실 말씀이 있으신 겁니까?"

전박이 옆에 놓여 있던 찻잔에 찻물을 따르며 말하자 초류향은 고개를 끄덕였다.

"예. 긴히 드릴 말씀이 있습니다."

"말씀 낮추시지요. 이제는 본 교의 주인이십니다. 누구에게도 말을 높일 필요가 없습니다, 교주님."

교주는 신의 대리자.

신의 대리자보다 높은 사람은 이 세상에 없다.

"제가 편해서 그렇습니다. 그러니 신경 쓰지 않으셔도 됩니다."

전박은 무어라 더 말할까 하다가 관두었다.

그리고 씁쓸하게 웃으며 말했다.

"하긴 교주님에게 존댓말을 들을 수 있는 사람도 이제 몇 없겠군요. 그나마 있는 녀석들도 오래 살 수 있을지 모르겠습니다."

초류향은 흐릿하게 웃으며 말했다.

"오래 사셔야 합니다. 적어도 마도천하가 되는 것은 보셔야지요."

전박은 항상 무덤덤한 그답지 않게 강한 태도로 고개를 끄덕였다.

"그때까지 악착같이 버티려고 할 겁니다, 모두. 늙은 놈들이 다들 욕심이 과해서……."

약간의 애정 어린 투덜거림을 들으며 초류향은 전박이 따라 준 차를 입으로 가져갔다.

담백하고도 은은한 찻물을 목으로 넘기며 초류향이 본론을 꺼냈다.

"강호에 나가 볼까 합니다."

"곧 그러시게 될 겁니다. 이 정도 속도라면, 보름 안에 준비가 끝나고 나가실 수 있을 것 같습니다."

초류향은 고개를 저었다.

그 모습에 전박은 의아한 얼굴을 해 보였다.

"저 혼자 먼저 강호에 나가 볼까 합니다."

"그건……."

딱 잘라서 안 되는 일이라고 말하려고 했다.

아무리 초류향이라지만 혼자서 강호에 나가는 것은 너무 위험했다.

하지만 초류향이 한발 앞서서 입을 열었다.

“며칠 뒤면 각 문파에 선전포고문이 도착하게 될 겁니다.”

“……그렇겠지요.”

“저는 그들의 반응을 직접 보고 처리해야 할 적들의 순서를 정하고 있겠습니다. 여러분은 준비를 마치시고 그 뒤를 따라 나오시면 됩니다.”

“너무 위험합니다, 교주님. 본 교의 영역을 벗어나면 저들의 감시망에서 자유롭기 어렵습니다.”

저들의 감시 속에 들어가게 된다면 제아무리 초류향이 삼황급의 고수라 하더라도 금세 생명의 위협이 찾아올 수 있었다.

“교주의 목이라면 확실히 탐을 내 볼 만하겠지만…….”

초류향은 피식 웃었다.

“저들의 감시에 걸리지 않을 비책이 저에게 있습니다.”

“그것이 무엇인지 알려 주실 수 있으시겠습니까?”

전박의 말에 초류향은 슬쩍 웃으며 말했다.

“지금 알려 드릴까요?”

“바로 알려 주실 수 있는 것입니까?”

초류향은 고개를 끄덕였다.

그리고 찻잔을 탁자 위에 올려놓고 말했다.

“제 모습을 잘 보고 계십시오.”

그제야 전박은 초류향의 눈가에 떠오른 선명한 장난기를 발견하고 의아한 얼굴을 했지만, 이내 진지하게 고개를 끄덕였다.

"보고 있겠습니다."

그리고 전박의 말이 끝나는 그 순간.

눈앞에서 초류향의 모습이 갑자기 사라졌다.

전박이 잠시 눈을 깜빡거리고 있을 때.

그의 앞에서 목소리가 들렸다.

"제가 보이지 않으십니까?"

"헛!"

전박은 당황한 얼굴을 해 보였다.

분명 목소리는 들리는데 초류향이 보이지 않았던 것이다.

단순히 보이지만 않는 게 아니라 기척도 전혀 느껴지지 않았다.

"이게 무슨……."

해괴한 일이었다.

이해가 되지 않는 상황에 전박이 주변을 두리번거리다가 무의식적으로 손을 앞으로 뻗었다.

그리고 손끝에 무언가가 걸리는 순간 보였다.

초류향이 처음 모습 그대로 눈앞에 앉아 있는 것이…….

"보셨습니까?"

"……."

전박은 곧장 대답하지 않고 잠시 혼자서 무언가를 생각했다.

그리고 잠시 후 심각한 어투로 입을 열었다.

"제가 보기에 지금 보여 주신 것은 야황이 사용하던 기둔술과 비슷한 것 같습니다만……."

초류향은 긍정도 부정도 하지 않은 채 빙그레 웃으며 전박의 곤혹스러운 얼굴을 응시했다.

"한데 기둔술은 야황의 독문기술이라 그 누구에게도 전하지 않은 것으로 알고 있습니다."

전박의 말에 초류향은 고개를 저으며 말했다.

"야황에게는 세상에 알려지지 않은 제자가 한 명 있습니다. 저는 우연히 그자를 보았고, 그자의 기술을 저만의 방식으로 비슷하게 흉내만 내었을 뿐입니다."

초류향의 설명에 전박의 얼굴이 다채롭게 변해 갔다.

그러다 결국 경악이라는 감정 하나만이 남게 되었을 때.

그가 놀란 어투로 입을 열었다.

"설마 무공을 단 한 번 보고 똑같이 보고 따라하실 수 있다는 말씀이십니까?"

"너무 복잡하지 않은 것은…… 가능한 것 같습니다."

"……."

전박은 잠시 믿기지 않는다는 시선으로 초류향을 바라보다가 곧 허탈하게 웃었다.

"제 생에 전능(全能)의 힘을 가진 사람을 두 사람이나 보게 될 줄은 몰랐습니다."

초류향은 눈을 반짝였다.

"저 말고 다른 사람이 있었습니까?"

"예. 교주님께서도 이미 잘 알고 계시는 분입니다."

전박의 말에 초류향은 그 사람이 누구인지 단박에 알 수 있었다.

"공손천기 스승님께서도 가능하셨단 말입니까?"

"예. 그분도 어릴 때부터 단 한 번 보았던 무공을 곧잘 쓰시곤 하셨지요. 물론 그때는 내력이 부족해서 당장 본인 것으로 완전히 소화하지는 못하셨지만, 천마신교에 있는 호법들은 아마 다 알고 있었을 겁니다."

초류향은 고개를 끄덕였다.

확실히 스승님이라면 가능할 것이다.

그는 초류향이 보았던 그 누구보다도 뛰어난 능력을 지녔으니까.

잠시 여러 가지 생각에 빠져 있던 초류향은 고개를 휘휘 젓고는 입을 열었다.

"그럼 제가 가지고 있던 것을 보여 드렸으니 이제 대답을 해 주시지요. 강호에 나가도 되겠습니까?"

사실 초류향은 굳이 전박에게 그 허락을 구하지 않아도 되는 위치에 있었다.

교주는 절대적인 존재였으니까.

마음 내키는 대로 하면 그뿐이다.

하나 초류향은 그러고 싶지 않았다.

권력이 있다고 사람들의 의견을 무시한 채 행동해 봤자 얻을 수 있는 것은 결국 아무것도 없다고 믿은 것이다.

잠시 혼자 고민하던 전박이 초류향을 지그시 응시했다.

'기둔술이라…….'

확실히 초류향이 보여 주었던 기둔술은 매우 특별한 기술이었다.

흑월야황 냉무기가 그렇게 엄청난 고수들을 죽이고 다녔지만 단 한 번도 잡힌 적이 없던 이유가 바로 이것이었으니까.

'안전하긴 하겠지만…….'

아직도 이해는 되지 않았다.

어찌해서 직접 위험을 감수하려는 것일까?

아니, 애초에 왜 이 시점에서 중원에 나가려는 것일까?

단순히 적들의 처리 순서를 정하기 위해서라는 건 말이 되지 않았다.

그래서 전박은 정공법으로 나가기로 결정했다.

"강호에 나가시려는 진짜 목적이 무엇인지 알 수 있겠습니까?"

초류향은 고민했다.

쉽게 허락해 주지 않을 것이라는 것은 알고 있었지만 이렇게 핵심을 찔러 오니 더 이상 숨기기도 곤란했던 것이다.

第二章

# 각자의 움직임

"이건 참으로 재미있는 내용이에요, 할아버지."

냉하영은 자신의 손에 들려 있는 문서를 읽으며 흥미로운 얼굴을 해 보였다.

급보로 도착한 천마신교의 문서.

그곳에 적혀 있는 내용은 너무도 노골적이었고, 그랬기 때문에 더욱 냉하영의 흥미를 자극했다.

"그 아이가 결국 교주가 되었네요. 뭐, 예상했던 대로지만요."

초류향이 교주가 된 것.

그것은 차후 강호에 찾아올 커다란 변화를 예고하는 사건이었다.

공손천기의 후계자이자 그의 무력을 온전히 이어받은 적통의 교주.

게다가 굉장히 보수적이었던 공손천기와는 달리 초류향은 어느 정도 강호 정복에 대한 욕망도 있었다.

냉하영은 그것을 알아보았기에 자신의 앞에 있는 냉막한 인상의 노인.

흑월야황 냉무기를 바라보며 조용하게 입을 열었다.

"할아버지께서는 이래도 움직이지 않을 생각이신가요?"

냉무기는 태산처럼 미동도 하지 않았다.

그저 고요한 안색으로 그의 손녀딸을 바라볼 뿐.

"모든 것이 제가 말씀드린 대로 진행되어 가고 있어요. 앞으로도 마찬가지겠죠. 모두 제가 예상한 그림대로 흘러갈 거예요. 그 거대한 흐름 속에서 흑월회가 천마신교에 휩쓸려 무너지지 않으려면 할아버지가 도와주시는 방법밖에는 없어요."

초류향이 기억을 되찾은 직후 흑월회에 신세를 지는 동안, 분명 그를 죽일 수 있는 기회가 여러 번 있었다.

초류향이 제아무리 강해졌다 하더라도 삼황급의 고수 두 명 이상을 동시에 당해 내진 못했을 테니까.

당시 냉하영은 충분히 삼황급의 고수 두 명을 움직일 수 있었다.

그녀에게는 막대한 정보가 있었고, 그렇게 되도록 계략을 짤 자신도 있었으니까.

한데 그런 상황에서도 과거의 자신이 그렇게 일을 꾸미지 않은 것은 지금의 냉하영으로서는 도무지 이해가 되지 않았다.

'과거의 인연 때문인가?'

하지만 단순히 과거의 인연 때문이라고 넘어가기엔 지금 잃어야 할 것이 너무도 많지 않은가?

천마신교가 천하 정복을 위해 우리를 부수고 바깥으로 나온다면, 그 사나운 이빨을 흑월회에게만 들이대지 않을 리가 없다.

냉하영이 어두운 안색으로 앉아 있자 냉무기가 무덤덤하게 입을 열었다.

"본디 약한 것은 강한 것에 먹히는 법이다. 그것이 자연스러운 일이지."

"……그럼 가만히 앉아서 죽을 날만을 기다리라는 말인가요?"

냉하영이 허탈한 얼굴로 묻자 냉무기는 희미하게 미소를 그렸다.

"그건 너답지 않은 말이구나."

답지 않다는 냉무기의 말에 냉하영은 잠시 움찔했다.

그러나 곧 한숨을 내쉬며 약간 칭얼거리는 어투로 입을 열었다.

"할아버지는 제가 지금 얼마나 힘든 줄 몰라서 그래요. 회주를 맡고 있는 아빠는 정말 아무것도 하지 않는다고요. 그래서 흑월회의 사람들은 저 하나만 바라보고 있는데…… 이건 너무 갑갑해요."

"그래도 지금 이것이 네가 원하던 삶이 아니었느냐?"

원하던 삶.

그 말에 냉하영은 씁쓸하게 웃었다.

"……뭐, 그건 그렇죠."

냉하영은 다른 귀한 집 여자아이들처럼 자수를 놓거나 집안일을 배우면서 곱게만 자라는 것은 사양이었다.

천하를 손바닥 위에 놓고 마음대로 쥐락펴락하는 여걸.

그것이 바로 냉하영이 꿈꾸는 삶이었던 것이다.

냉무기는 그런 손녀의 꿈을 알았기에 지금까지 별말 하지 않았다.

그저 자존심 강한 손녀가 도움을 요청해 오기를 기다리고 있었다.

"약자에게는 약자 나름의 생존 방법이 있는 법이다."

또르륵—

냉무기는 찻잔에 찻물을 따르며 냉하영을 바라보았다.

냉하영은 마른침을 한 번 삼킨 후에 긴장한 얼굴로 물었다.

"지금의 흑월회에게도 생존 방법이 있어요, 할아버지?"

냉무기는 미미하게 고개를 끄덕이며 계속 말을 이었다.

"그러기 위해선 먼저 해야 할 일이 있다."

"그게 뭐예요?"

냉하영에게 찻잔을 내밀며 냉무기가 입을 열었다.

"우선 스스로가 약자라는 것을 확실히 깨달을 필요가 있겠지."

"……."

"흑월회는 애초에 내가 생각했던 것보다 더욱 덩치가 커져 버렸다. 함부로 움직이기에는 너무 비대한 괴물이 되어 버렸지. 그렇게 움직이지 못하는 괴물은 스스로 살아갈 수가 없으니 죽음을 기다리기만 해야 한다."

냉하영은 냉무기의 차가운 말에 고개를 끄덕였다.

맞는 말이었기 때문이다.

최초에 그녀의 할아버지 냉무기는 사파의 연합을 만들고 거대한 몇 개의 문파만 받아서 강호에 그 영향력을 발휘하려고 했다.

한데 지금은 그게 아니었다.

사파에 몇 없는 거대 문파를 비롯해서, 자잘한 중소문파들까지 모두 거미줄처럼 연계되어 흑월회라는 하나의 간판을 내걸고 있었던 것이다.

"나는 흑월회를 만들 때 사파의 하늘이 되고자 했다. 하지만 지금은 고작 그들의 방패막이에 불과하다."

"그럼 제가 돌아가서 할 일은 하나뿐이군요."

냉하영은 입술을 깨물며 생각에 잠겼다.

흑월회의 덩치를 줄여야 했다.

외부에서 보기에 흑월회는 너무도 거대한 조직이었다.

그 내부 사정이야 어떻든 덩치가 워낙 크다 보니 바깥에서 보기엔 흑월회가 실제 이상으로 위협적인 것이다.

이 거대한 조직을 지금처럼 촘촘하게 만든 것은 다름 아닌 냉하영.

바로 그녀였다.

'살을 빼야 해.'

지금처럼 비대해진 상태로는 여차할 때, 보호해야 할 범위가 너무 넓어져 버린다.

그렇다면 제대로 움직이기도 전에 지쳐서 나가떨어질 우려가 있다.

그러기 전에 쭉정이들은 미리미리 잘라 내야 한다.

그 과정에서 여러 가지 내홍을 겪을 게 뻔했지만 어쩔 수 없었다.

'앉아서 가만히 죽어 줄 순 없으니까.'

힘들게 덩치를 줄이고 나면 그 다음에는 어떻게 해야 할까?

약자에게는 약자만의 방법이 있다고 했는데 그 방법이란?

냉하영이 거기에 의문을 품고 있을 때 냉무기가 입을 열었다.

"때가 되면 나를 찾아오거라. 그때엔 내가 직접 힘이 되어 주마."

"……!"

냉무기의 말에 냉하영의 눈이 크게 뜨여졌다.

"저, 정말이시죠? 진짜로 그때엔 제 힘이 되어 주실 거지요?"

냉하영의 이어지는 질문에 냉무기는 담담하게 고개를 끄덕였다.

"그때가 오기 전까지는 네 옆에 있는 그 아이를 믿어라. 누구보다도 날카로운 검이 되어 줄 테니."

냉무기의 시선은 냉하영의 옆에 있는 그림자.

시엽에게 향해 있었다.

또르륵—

냉무기는 찻잔에 찻물을 따른 후 그것을 들고 일어섰다.

그리고 냉하영의 뒤에 묵묵하게 서 있는 시엽에게 찻잔을 내밀었다.

"확실히 세상을 보고 오니 좋아졌다. 내 곁에 있을 때보다 지금이 더 좋은 모습 아니더냐?"

시엽이 황공한 얼굴로 냉무기가 건네는 찻잔을 받아 들며 아무 말도 못 하고 엉거주춤할 때.

냉무기는 그런 시엽의 어깨를 가볍게 톡톡 두들겼다.

"아직 세상은 넓고 네가 상대해야 할 강자는 많다. 이 아이 곁이 네가 머물기에 좁지 않으냐?"

"……."

시엽은 잠시 멈칫하며 냉무기를 바라보았다.

그리고 시선을 돌려 가만히 냉하영을 응시했다.

냉하영 역시 그 특유의 감정이 드러나지 않는 눈동자로 시엽을 바라보고 있었다.

'닮았다.'

냉하영과 냉무기.

아무리 핏줄이라지만 둘은 정말 많이 닮아 있었다.

그 사실을 서로는 알고 있을까?

시엽은 잠시 엉뚱한 생각을 하다가 서둘러 그 생각을 지운 후에 입을 열었다.

"군사는 혼자서는 감당하기 버거운, 너무 많은 위험들 속을 헤쳐 나아가고 있습니다. 저는 그런 군사의 곁에서 적들을 상대하는 것만으로도 이미 충분한 경험을 쌓고 있습니다."

시엽의 대답이 만족스러웠던 것일까?

아니면 불만족스러웠음일까?

냉무기는 별다른 대꾸 없이 특유의 무표정한 얼굴로 냉하영을 바라보며 입을 열었다.

"이 어리석은 녀석은 이미 너에게 모든 것을 맡겨 버렸다. 앞으로 이 아이가 강호에서 어느 정도의 거목으로 성장할 수 있을지 나로서도 알 수 없지만 그 모든 것이 네 책임이 될 것이다. 너는 감히 그것을 감당할 수 있겠느냐?"

냉하영은 미소 지었다.

그리고 시엽을 바라보며 말했다.

"그는 이미 제 사람이에요, 할아버지."

냉하영의 대답에 어색한 얼굴을 하고 있는 시엽을 힐끔 바라보며 냉무기는 슬쩍 웃었다.

모든 것은 이미 그가 원하는 대로 흘러가고 있었기 때문이다.

더불어 그가 움직여야 할 시간도 차츰차츰 다가오고 있었다.

*　　　*　　　*

초류향이 강호에 혼자 나가려 한 이유.

그건 매우 간단했다.

'공손아리…….'

천마신교를 떠난 공손아리를 설득해 데려오기 위함이었다.

전박은 난감해했지만 결국 초류향의 뜻에 따랐다.

단지 한마디를 보탰을 뿐이다.

"만약 조금이라도 위험해진다면 다른 무엇보다 본인의 목숨을 위해 물러나셔야 합니다. 그 어떤 것보다 교주님 자신의 목숨을 최우선으로 생각하셔야 합니다."

초류향은 그 의견을 받아들였고, 지금은 노진녕과 운휘.

이렇게 두 사람만 대동한 채 강호로 이동하고 있었다.

운휘는 이 갑작스러운 행보에 걱정을 했고, 노진녕은 좋아했다.

노진녕이 좋아한 이유는 그답게 매우 단순했다.

"근데 이화궁주가 소군주님을 따라간 게 확실하지요?"

"예."

"흐흐, 알겠습니다."

선우초린을 노골적으로 좋아하는 노진녕이었기에 그녀를 만날 수 있는 이번 여행은 참으로 만족스러운 것이었다.

운휘는 그런 노진녕의 가벼운 모습에 속으로 탄식했다.

여전히 도움이 안 되는 녀석이었기 때문이다.

그들은 마차로만 이동해서 사천에 접어들었고, 그곳에서부터는 마차에서 내린 후 산길을 통해 이동하기 시작했다.

일행 모두가 화경의 고수였기에 그들의 움직임은 마차를 타는 것 이상으로 빨랐다.

불과 나흘 만에 청성산에 도착한 것이다.

타닥— 타닥—

모닥불이 타들어 가는 소리를 들으며 그들은 산속에서 밤을 맞이하게 되었다.

"이제 조만간 사천 성도를 지나면 다시 마차를 타고 이동하는 것이 제일 빠를 것 같습니다. 상대적으로 외부에 노출된다는 점은 좀 걱정이지만 그게 체력을 안배하며 움직이기에 적당할 것 같습니다."

초류향은 운휘의 말에 고개를 끄덕였다.

운휘가 말했던 것처럼 사천 성도를 지나치게 되면 대부분의 길이 수로와 평지였기 때문에 편안하게 마차를 타고 가는 게 현명했다.

"확실히 건량과 육포가 지겹긴 하군요."

나흘 내내 생쌀과 다름없는 건량과 나무껍질 같은 육포만 먹어야 했다.

사냥으로 그때그때 산짐승들을 잡아먹을 수도 있었지만 그런 시간도 아까웠기 때문에 자연히 식사는 부실해질 수밖에 없었다.

최대한 시간을 아껴야 한다는 마음에 간편 음식들을 챙겨 왔고, 부득이하게 그것만 먹어 댔으니…….

초류향이 씁쓸하게 웃으며 말하자 노진넝이 아주 강하게 긍정했다.

"어우! 저도 국물 음식이 너무 먹고 싶습니다, 교주님. 아주 얼큰한 놈으로다가……."

"조만간 먹게 될 겁니다."

사천성의 중심인 성도는 지척이었고, 천마신교의 영역이었다.

성도를 중심으로 천마신교의 강력한 무력 단체들 세 개가 이미 사천에 주둔하고 있었던 것이다.

전박이 이번 강호 정벌을 빠르게 계획할 수 있었던 이유가 바로 이것이었다.

'전진기지가 있었던 셈이니까…….'

천마신교의 강력한 무력 덕분에 기존 사천 땅에 있던 정도맹이나, 흑월회 등등은 이미 설 자리를 잃어버렸다.

천마신교의 영향력이 너무도 막강했던 것이다.

단순히 무력도 무력이었지만, 전박이 워낙에 정복지에 관한 조율들을 잘해 왔기 때문에 기존에 터를 잡고 있던 자들의 반발이 굉장히 미미했다.

오히려 천마신교의 지배를 환영하는 사람도 있었다.

초류향은 모닥불에 마른 나뭇가지 하나를 던져 넣으며 말했다.

"얼마 전 꿈에서 스승님을 보았습니다."

노진녕은 눈을 몇 번 깜빡이다가 입을 열었다.

"공손천기 교주님을 말씀하시는 거지요?"

"예. 아주 건강하시더군요. 얄미울 정도였습니다."

초류향은 씁쓸하게 웃었다.

그때 꿈속에서 보았던 공손천기 스승님의 모습은 지금도 똑똑히 기억한다.

그는 정말 보기 좋은 모습이었다.

아무리 꿈속이라지만 장난기 많은 소년의 모습을 한 채 싱글거리며 등장하지 않았던가?

"솔직히 스승님이라면 죽어서라도 한 번쯤은 제 꿈에 나올 것 같았습니다. 그런데…… 돌아가신 것도 아니고 등선을 하신 모양입니다."

"등선이라면……."

노진녕이 조심스러운 얼굴로 손가락으로 하늘을 가리키며 입을 열었다.

"저기로 가는 걸 말씀하시는 겁니까?"

"예. 아마 지금도 저기서 이쪽을 지켜보고 계실 겁니다."

노진녕이 잠시 주변을 두리번거리다가 곧 불신에 가득 찬 얼굴을 해 보일 때.

초류향이 작게 웃으며 입을 열었다.

"사실 저도 당시에는 단순히 꿈이라고만 생각하고 믿지 않았지만…… 왠지 스승님이라면 가능할 것 같아서 믿어 보려고 합니다."

공손천기.

그의 재능은 이미 하늘에 닿아 있었다.

다른 사람은 몰라도 그가 우화등선했다고 한다면 초류향은 선선히 믿을 수 있었다.

'거기서 지켜보십시오.'

스승인 공손천기는 평화를 사랑했다.

최대한 무력 사용을 피하고 사람을 상하게 만드는 것을 꺼렸다.

하지만 초류향은 아니었다.

힘을 보여 주어야 할 때는 확실하게 보여야 한다고 생각했다.

그게 진정한 평화를 위한 길이라 여긴 것이다.

'제가 가는 길은 아마도 스승님의 그것과는 많이 다를 것입니다.'

공손천기가 천마신교에 쌓아 놓은 막대한 힘.

차곡차곡 쌓아만 놓고 쓰지 않았던 그것을 초류향은 최대한 활용할 생각이었다.

'평화는 이제 끝입니다.'

세상을 완전히 부숴 놓고 처음부터 새로운 것을 쌓는다.

그것이 초류향이 생각하는 진정한 평화였고 대업이었다.

그리고 그것을 위한 밑그림이 지금 차츰차츰 진행되어 가고 있었다.

*　　　*　　　*

"팽가호, 소문은 들었겠지?"

"대체 무슨 소문이신데 이른 아침부터 찾아온 걸까, 우리 빈이가?"

"수라마군에 관한 소문."

구릿빛 피부에 우락부락한 근육의 청년.

그는 곱상하게 생긴 친구의 얼굴을 물끄러미 바라보다 피식 웃었다.

"그 녀석이 교주가 되었다는 소문 말하는 거냐?"

"응."

"나도 들었어. 재미있는 소문이더구만."

팽가호는 자신을 찾아온 남궁옥빈에게 차를 따라 주며 말을 이었다.

"그 녀석, 너무 멀리 가 버렸네."

약간 김빠진 듯한 음성.

남궁옥빈은 그런 팽가호를 바라보며 입을 열었다.

"소교주가 되었을 때부터 이미 녀석이 교주가 될 것이라 예상하긴 했지만…… 그래도 이건 너무 빨라."

팽가호가 따라 준 찻잔을 입으로 가져가며 남궁옥빈은 얼굴을 찡그렸다.

팽가호 역시 과거의 초류향을 머릿속으로 잠시 떠올려 보며 작게 투덜거렸다.

"그놈은 뭐가 되도 크게 될 놈이라 생각하긴 했지. 하지만 나와는 전혀 다른 세계에서 살 줄 알았는데…… 그게 좀 아쉽다."

그랬다.

아쉬웠다.

이런 식으로 그 녀석을 기억하고, 추억하고 싶지는 않았던 것이다.

"쳇! 망할 놈, 연락이라도 주지……."

팽가호가 씁쓸한 얼굴로 중얼거리자 남궁옥빈이 황당하다는 얼굴로 웃었다.

"지금 연락을 할 수나 있겠어, 그 녀석이?"

"왜 못 해? 하려면 방법이야 많지."

남궁옥빈은 고개를 저었다.

"그랬다간 너도 나도 위험해져. 무소식이 희소식인 거야, 지금은."

"젠장."

팽가호는 그래도 뭔가 마음에 들지 않는지 계속 혼자서 구시렁거렸다.

그런 팽가호를 지켜보던 남궁옥빈이 문득 떠오른 생각에 쓰게 웃으며 입을 열었다.

"그 녀석이랑 너무 격차가 많이 벌어져 버렸어. 조금만 있으면 잡을 수 있을 것 같았는데……."

남궁옥빈의 중얼거림에 팽가호는 시큰둥하게 대꾸했다.

"나는 사실 솔직히 말하자면 아직도 믿어지지가 않아. 젠장, 내 두 눈으로 그 녀석을 직접 봐야 믿을 수 있겠다."

팽가호의 투덜거림에 남궁옥빈도 고개를 끄덕였다.

"사실 그건 나도 같은 생각이야. 직접 보기 전까지는 믿기 어려울 것 같아."

남궁옥빈이 동조하자 팽가호는 조심스럽게 주변을 살피다가 낮게 입을 열었다.

"그럼 보러 갈까? 우리 눈으로 직접 그 녀석이 교주가 되었는지 확인하게."

"응? 어떻게? 방법이 있나?"

초류향을 두 눈으로 볼 수 있는 방법이 있었다면 남궁옥빈도 진즉에 시도해 보았을 것이다.

하지만 아무리 생각해 봐도 방법을 찾을 수가 없었는데 팽가호는 이미 그 해답을 찾았다는 말인가?

남궁옥빈이 기대에 가득 찬 얼굴로 팽가호를 바라보았다.

그러자 팽가호는 남궁옥빈의 어깨를 툭툭 털어 주며 특유의 능글맞은 웃음을 입가에 가득 그렸다.

"우리 빈이…… 너는 예전이나 지금이나 하나도 발전한 게 없구나."

발전한 게 없다?

팽가호의 말에 남궁옥빈은 자기 몸을 한 번 내려다보며 어정쩡하게 대답했다.

"……그, 그래? 변한 게 없나?"

“후후, 참으로 가련한지고…… 너는 이 형님이 없으면 이 험한 세상을 어찌 살 생각이냐? 나는 걱정이 태산 같다.”

“…….”

팽가호가 너무도 안타깝다는 듯이 입을 열자 남궁옥빈은 무안한 얼굴로 뒷머리를 긁적였다.

그런 남궁옥빈을 잠시 애잔하게 바라보던 팽가호가 자리에서 일어섰다.

“어리석은 우리 빈이, 너는 그냥 이 형님만 믿고 따라와라.”

“으음…….”

팽가호는 말을 마치고 자리에서 벌떡 일어나 문을 박차고 밖으로 걸어 나갔다.

그리고 문밖에서 뒤를 돌아보며 의아한 얼굴을 해 보였다.

“거기서 뭐 해? 안 가?”

“어? 어딜?”

“어디긴? 그놈 만나러 가는 거지.”

지금?

당장 그 녀석을 만나러 가자는 소리인가?

이 무슨 말도 안 되는 엄청난 추진력인가?

남궁옥빈이 당황한 기색을 감추며 조심스럽게 물었다.

“……지금 바로 가자는 거야?”

“그럼 언제 가게? 집안의 영감쟁이들한테 일일이 다 보고하고 갈 생각이냐?”

"그건 아니지……."

남궁옥빈이 이러지도 저러지도 못한 채 엉거주춤 서 있을 때.

팽가호가 자신의 두꺼운 팔뚝을 들어 보이며 호쾌하게 말했다.

"남자는 말이야, 이럴 때 결단력이 있어야 하는 거야, 결단력이. 망설이지 말고 가자. 그놈 만나러. 우리는 친구를 만나러 가는 것뿐이야."

"……."

무언가 조금 마음에 걸렸지만 구체적으로 어떤 점이 걸리는지 선뜻 감이 잡히지 않았다.

평소에는 이성적이고 사리분별이 확실한 남궁옥빈이었다.

하지만 이상하게도 팽가호만 만나게 되면 녀석의 요상한 분위기에 자기도 모르게 자꾸 휩쓸리고 만다.

'그래도 이번에는…….'

초류향을 만나러 가는 길이었다.

남궁옥빈의 인생에서 가장 강렬한 기억을 심어 주었던 소년.

비록 무공은 아니었지만 그 아이에게는 한 번 진 뼈아픈 기억이 있다.

생애 최초로 패배감이라는 것이 무엇인지 알게 해 준 아이.

'그 아이를 만날 수 있다는데 내가 지금 무엇을 망설이는 거지?'

보고 싶었다.

어떻게 변했는지, 어찌하다가 그 자리에 있게 되었는지도 알고 싶었다.

"……나도 모르겠다."

남궁옥빈이 자리를 털고 일어서자 팽가호가 헤벌쭉 웃으며 말했다.

"짜식. 진즉에 그렇게 나왔어야지, 튕기기는."

"튕긴 게 아니라 여러 가지를 신중하게 고려한 거야."

"그게 그거지."

무언가 머릿속에서 계속 떠오를 듯 말 듯했지만 남궁옥빈은 포기해 버렸다.

'별거 아니겠지.'

남궁옥빈은 고개를 휘휘 저어 망설임을 떨쳤다.

히죽거리는 얼굴로 앞장선 팽가호가 가장 먼저 찾아간 곳은 말들이 세워져 있는 마구간이었다.

그렇게 두 마리의 말들이 마구간에서 꺼내지고 소년에서 청년이 된 그들은 서쪽으로 말을 몰아가기 시작했다.

그리고 남궁옥빈은 차후에 지금 이 순간.

자신의 머릿속에 가물가물하게 떠올랐던 의문이 무엇인지 깊게 생각해 보지 않은 것을 땅을 치고 후회하게 된다.

*　　*　　*

사천성을 벗어난 초류향 일행은 이제 막 섬서성에 이르렀다.

마차를 타고 겨우 닷새 만에 성도를 지나 섬서성에 도착한 것이다.

정말 엄청난 속도로 쉼 없이 달려왔다.

'이 정도면…….'

운휘가 보았을 때 이 정도 속도로 움직였으면 소군주님 일행과 생각보다 많이 가까워졌을 터였다.

운휘는 얼마 전에 듣게 된 정보를 머릿속에 가만히 떠올려보았다.

정보원이 보내온 소식에 따르면 소군주님 일행은 지금 섬서성 가장 끝에 있는 사북성 근방에 머물고 있다고 한다.

'여기서부터가 문제다.'

이곳에서부터는 조금 느리더라도 신중하게 움직여야 했다.

섬서성은 완전한 정도맹의 영역.

아니, 정확하게 말하자면 남만야수문과 정도맹의 영역이었기 때문이다.

얼마 전까지만 해도 이곳을 차지하기 위해 남만야수문과 정도맹이 전력을 다해 치열하게 싸웠지 않은가.

'조심해야겠군.'

번거로운 일은 가급적 피하고 싶었다.

운휘는 빠르게 이동하면서 슬쩍 주변을 둘러보았다.

얼핏 보기에는 노진녕 한 사람이 신법을 펼치는 것으로 보이겠지만 실상은 달랐다.

아니, 정확하게 말하자면 노진녕 혼자서 신법을 펼쳐 이동하고 있는 것은 맞다.

단지 그 곁에서 초류향이 기둔술을 사용해 몸을 숨긴 채 이동하고 있었고, 운휘 역시 그림자 속에 몸을 파묻은 채 움직이고 있을 뿐.

'기둔술이라는 것은 정말 대단하다.'

지금 초류향이 사용하고 있는 기둔술은 정말 엄청난 것이었다.

보통의 평범한 은신술과는 그 격이 달랐다.

나름대로 은신술에 일가견이 있는 운휘였지만 그가 아무리 시도해 보아도 초류향의 기척은 찾을 수가 없었다.

'이 정도라면…….'

안심해도 될 것 같았다.

노진녕이야 어차피 큰 위험은 없을 것이다.

그래도 혹시 모르는 만약의 사태에 대비해서 그들은 최대한 사람이 다니지 않는 산길을 통해서 이동하고 있었다.

샤샤샥—

노진녕은 죽어라 내달리며 주변을 힐끔힐끔 살펴보았다.

'이건 나 혼자 다니는 거 같잖아, 아무래도…….'

주변에 초류향과 운휘가 있다는 사실은 이미 알고 있었다.

하지만 눈은 물론이고, 감각에도 전혀 걸리지가 않았다.

간혹, 엄청나게 집중했을 때 운휘의 기척이 희미하게 느껴지긴 했다.

'그나마 그것도 금세 사라지긴 하지만…….'

이런 여행은 별로 마음에 들지 않았다.

너무도 쓸쓸하고 외로웠던 것이다.

'보고 싶어, 선우초린.'

그녀의 아름다운 얼굴을 속으로 떠올리며 노진녕은 쓸쓸함을 달랬다.

그때 뒤쪽에서 작은 음성이 들려왔다.

“잠시 멈추지요.”

“예?”

초류향의 음성에 노진녕이 제자리에서 우뚝 멈춰 서자 그의 옆 빈 공간에서 난감한 음성이 들려왔다.

“전방에 누가 있습니다.”

“이 산속예요?”

“예. 인원은…… 한 명이군요.”

초류향은 저 먼 곳에서 느껴지는 기척에 고개를 갸웃거렸다.

‘분명 이 근방에는 문파가 없을 텐데?’

왜 이런 산속에 사람이 있는 걸까?

그가 의아한 얼굴로 고민에 빠져 있을 무렵.

운휘와 노진녕 역시 빠르게 감각을 넓혀서 주변을 샅샅이 뒤져 보았지만 그들의 영역에는 걸리는 것이 아무것도 없었다.

‘역시…….’

초류향은 그들보다 훨씬 위의 고수였던 것이다.

운휘와 노진녕이 서로 눈을 마주치며 초류향의 경지에 대해서 새삼 감탄하고 있을 때.

노진녕의 좌측에서 초류향이 기둔술을 풀며 불쑥 모습을 드러내었다.

그의 얼굴에는 곤란한 기색이 떠올라 있었다.

"저쪽에 있던 사람이 곧장 이쪽으로 오고 있습니다."

눈치챈 건가? 어떻게?

운휘가 의아한 얼굴을 해 보이며 조심스럽게 입을 열었다.

"그가 도착하는 데 얼마나 걸리겠습니까, 주군?"

"아마…… 곧 보일 겁니다."

과연 잠시 후 운휘와 노진녕의 감각에도 누군가의 기척이 느껴졌다.

그리고 두 사람은 멀리서부터 전해지는 상대방의 기운에 눈을 동그랗게 떴다.

"뭐야, 이건?"

노진녕의 얼굴에 어이없다는 감정이 떠올랐다.

동시에 운휘가 짧게 말을 이었다.

"화경의 고수."

쿠콰콰콰콰—!

그랬다.

상대방은 화경의 고수였다.

그것도 스스로의 기척을 전혀 숨기지 않고 엄청난 기세를 뿜어내며 곧장 이곳으로 질주하고 있었다.

직선거리로 뛰어오는 것을 보니 확실히 저쪽은 이쪽의 기척을 느끼고 있었던 모양이었다.

'대체 어떻게?'

아무리 저자가 화경의 고수라 하더라도 눈치챌 수 있는 거리가 아니다.

초류향은 그 부분에 잠시 의문을 품었지만 곧 고개를 저었다.

지금은 그런 것을 생각할 때가 아닌 것이다.

빠르게 접근해 오고 있는 사람을 보며 노진녕이 작게 중얼거렸다.

"이거…… 다가오는 속도가 너무 빠른데요?"

"……제법 강한 놈입니다."

운휘는 작게 중얼거리며 일단 몸을 숨겼다.

어느새 초류향 역시 기둔술을 사용해서 몸을 숨긴 뒤였기 때문이다.

"슬퍼지네."

노진녕은 몸을 숨길 재주가 없으니 그저 어깨를 으쓱이며 상대방이 가까이 다가올 때까지 기다렸다.

자신만 외부에 노출되어 있었지만 노진녕은 전혀 걱정하지 않았다.

"어떤 놈인지 얼굴이나 한번 보자."

이런 산중에서 화경의 고수를 만나게 될 줄은 꿈에도 몰랐었다.

하지만 이건 차라리 잘된 일이었다.

'저놈이 적이었으면 좋겠다.'

마침 손이 근질근질하지 않았던가?

노진녕이 내심 기대에 가득 찬 얼굴을 하며 기다리고 있을 때.

상대방이 지척까지 다가왔다.

그리고 그 얼굴을 확인하는 순간.

노진녕은 헛바람을 들이쉬며 뒤로 주춤 물러섰다.

"뭐, 뭐야? 여자였어?"

"어라? 왜 너 혼자야?"

막 공터에 도착한 화경의 고수는 놀랍게도 여자였다.

'여자가 화경의 고수라고? 말도 안 돼!'

여자가 화경의 고수라는 것.

이것은 몸을 숨기고 있는 운휘와 초류향에게도 신선한 충격이었다.

강호에 이런 여고수가 있다는 정보는 아직 초류향에게조차 들려오지 않았던 것이다.

'대체 정체가 뭐지?'

초류향이 깊게 고민하고 있을 때.

주변을 샅샅이 살펴보던 여자는 곧 산발이 된 긴 흑발을 뒤로 올려 묶으며 신경질적인 얼굴로 물었다.

"야! 너."

"으응? 왜?"

"왜 여기 너 혼자 있어? 내가 듣기론 분명히 셋이었는데?"

"셋?"

노진녕은 이번에는 정말로 놀란 얼굴을 해 보였다.

그리고 순간 대답하지 못하고 눈만 끔뻑거렸다.

第三章

# 수상한 여자

갑작스레 등장한 여인은 주변을 둘러보며 혼자 중얼거렸다.

“이거 이야기가 다르잖아? 왜 한 놈뿐인 거야?”

[네가 동태 눈깔인 걸 지금 누굴 탓하는 거냐?]

“응? 그럼 정말 다른 사람이 있다는 거야? 할배처럼 귀신이 아니고?”

[사지 멀쩡하게 살아 있는 놈들이다. 그리고…….]

여인의 등 뒤에 서 있는 희끄무레한 존재.

그는 입가에 묘한 웃음을 그리며 초류향을 똑바로 바라보았다.

[이거 꽤나 재미있는 놈이 하나 끼어 있구나.]

초류향은 눈을 끔뻑거리며 정면을 바라보았다.

그리고 자신을 향해 미소 짓는 괴이한 존재를 보다가 본인도 모르게 입을 떡하고 벌렸다.

"재미있는 놈?"

[아무래도 한 놈은 내가 보이는 모양이다.]

"뭐? 할배가 보인다고?"

여인은 깜짝 놀란 얼굴을 해 보였다.

그리고 주변을 두리번거리며 말했다.

"어이, 거기 숨어 있는 거 다 알아."

"……."

초류향은 얼굴을 찡그리며 생각에 잠겼다.

여인이 자신을 찾고 있음을 알았던 것이다.

하지만 선뜻 모습을 드러내진 않았다.

일단은 여인보다 그 뒤에 있는 저 괴이한 존재의 정체가 무엇인지 판단을 내리는 것이 더 중요했다.

'영혼인가?'

그런데 아무리 봐도 평범한 영혼은 아닌 것 같았다.

보통의 영혼은 저렇게까지 거대한 존재감을 뿜어낼 수 없었다.

그런데 '저것' 은 달랐다.

풍겨 나오는 느낌 자체가 여타의 영혼들과는 그 격이 달랐던 것이다.

'뭐지, 대체?'

초류향이 혼란스러운 얼굴을 해 보일 때.

여인이 화난 얼굴로 말했다.

"끝까지 안 나올 거야? 눈앞에 있는 이 멍청하게 생긴 놈을 두들겨 패야 나올 건가?"

"뭐? 지금 누가 누굴 두들겨 패? 설마 날 말하는 건 아니겠지?"

노진녕이 어처구니없다는 표정을 짓자, 여인이 고개를 팩하고 돌리며 음침하게 웃었다.

"그래, 너. 멍청하게 생긴 게 여기 너밖에 더 있냐?"

"이게 지금 보자 보자 하니까 사람이 보자기로 보이나."

"너 진짜 바보구나? 보자기가 아니라 멍청이로 보인다니까?"

여인의 도발적인 말에 노진녕이 입술 끝을 푸들거렸다.

크게 분노한 것이다.

"미리 경고해 주지만 내 주먹은 남녀노소를 가리지 않아. 이렇게 순하게 생겼어도 극악무도하다고. 계속 까불면 뒈지는 수가 있어."

노진녕이 주먹을 쓰다듬으며 위협적으로 말하자 여인이 비웃으며 두 손의 관절들을 풀기 시작했다.

우드득—

"그러니까 말로만 그러지 말고 이 누나한테 어서 덤벼 보렴, 멍청아."

말을 마친 여인이 검지를 들어 올려 마치 도발하듯이 까딱거리자 노진녕의 눈이 뒤집어졌다.

"으아아아! 너 오늘 진짜 뒈졌다고 복창해라!"

우우웅—!

노진녕의 몸에서 묵직한 검은 기운이 풍겨져 나오기 시작했고, 이

내 그가 빠르게 움직여 여인에게 달려들었다.

쐐애애액—!

여인은 황소처럼 달려드는 노진녕을 보며 헤벌쭉하게 웃었다.

그 웃는 얼굴 위로 노진녕의 주먹이 떨어져 내렸다.

"뒈져라, 요녀!"

콰우웅—!

공기를 찢는 묵직한 파괴음을 듣는 순간 여인이 움직였다.

한 손을 펴서 마치 노진녕의 주먹을 받으려는 듯한 모습.

그 어리석은 모습을 보며 노진녕의 입가에 미소가 절로 떠올랐다.

'멍청이는 너야.'

노진녕의 주먹은 평범한 주먹이 아니었다.

그 강력하다고 알려진 천마신공을 바탕으로 펼쳐지는 주먹이다.

정면으로 부딪친다면 화경의 고수가 뿜어내는 강기조차도 가볍게 터트려 버릴 수 있는 위력이었다.

노진녕이 바짝 다가온 여인의 손을 으스러뜨리고 그 다음에 팔 관절을 부숴 버리겠다는 생각을 할 때.

갑자기 여인의 손이 뱀처럼 노진녕의 팔을 휘감으며 타고 들어왔다.

뚜드드득—!

"커헉?"

갑자기 팔 관절이 빠져나가는 느낌이 들자, 기겁한 노진녕이 몸을 뒤로 뺐다.

급한 대로 거리를 벌리려 한 것이다.

하지만 여인은 떨어져 나가지 않았다.

노진녕이 물러난 거리만큼 그에게 바짝 따라붙으며 쫓아왔다.

"이, 이게……."

노진녕이 멀쩡한 반대쪽 팔을 휘둘러 팔꿈치로 여인의 관자놀이를 찍어 갔다.

동시에 무릎을 차올리며 턱을 올려쳤다.

그 두 개의 공격은 모두 지척에서 이루어진 것이라 피하기도, 막기도 어려운 것이었다.

하지만 여인은 그 공격들을 슬쩍 본 다음 싱글벙글 웃으며 몸을 뒤로 뒤집어서 손쉽게 노진녕과 거리를 벌렸다.

둘 사이가 어느 정도 벌어지자, 여인이 말했다.

"너 방금 전에 식겁했지? 그치? 이 누나가 봐준 거 알지?"

"……."

노진녕은 대답하지 않고 일단 어긋난 관절을 급한 대로 끼워 넣은 후 조심스럽게 팔을 휘둘러 보았다.

그럭저럭 움직일 만했다.

노진녕의 얼굴 위로 진한 분노가 떠올랐다.

"이리 와, 요녀! 한 번 더 하자!"

"한 번 더? 이번에는 두들겨 맞아 보려고?"

"누가 두들겨 맞아?"

"푸하하하! 너 방금 전에 나한테 두들겨 맞을 뻔한 거 기억 안 나?"

"아, 안 나!"

"이미 넌 나한테 진 거야, 멍청아."

여인은 배를 잡고 폭소하며 노진녕을 약 올렸다.

노진녕의 얼굴이 새빨개지며 코에서 더운 콧김이 뿜어져 나왔다.

그 모습을 보던 여인이 눈물이 나올 정도로 웃어 대며 말했다.

"그냥 졌다고 말하면 이 누나가 여기서 그만할게. 한 번만 봐 달라고 해 봐."

"우, 웃기지 마!"

노진녕은 무릎을 살짝 굽혀 기운을 끌어모았다.

쿠그그극—!

천마신공을 순식간에 극성까지 끌어올린 노진녕의 전신에 먹빛의 기운이 이글거리며 타올랐다.

쩌저적—

바닥이 거북이 등껍질처럼 갈라지며 사방의 공기가 괴로운 비명을 질러 댔다.

분노가 극에 달한 노진녕이 전신의 기운을 전력으로 끌어모은 것이다.

그 모습을 웃음기를 머금은 채 지켜보던 여인이 입을 열었다.

"괜찮겠어? 그러다 맞으면 더 아플 텐데."

"……아주 떡이 되도록 두들겨 주지, 계집."

"그럼 이번에는 이 누나 진짜로 가도 돼?"

"잔말 말고 덤벼!"

여인은 발끝으로 땅을 가볍게 몇 번 톡톡 찍으며 히죽 웃었다.

생기발랄하면서도 무언가 독특한 매력을 뿜어내는 여인.

그녀가 바닥을 찧고 있던 발을 멈추더니 가볍게 입을 열었다.

"멍청아, 주먹은 너처럼 그렇게 막 휘두른다고 되는 게 아니야. 그런 거에 맞는 놈은 보통 바보들이거나 등신들이지."

"……."

"이 누나가 지금부터 진짜 주먹이 뭔지 보여 줄게."

톡—

한쪽 발을 가볍게 앞으로 내디딘 후 편한 자세를 만든 여인이 천천히 비스듬하게 빠져 있던 한쪽 손으로 주먹을 말아 쥐었다.

"이 세상엔 말이야. 하늘과 땅이 있지?"

"지금 뭔 개소리를 하는 거냐?"

"멍청한 너에게 지금 이 누나가 수준 있는 가르침을 베풀어 주고 있다는 거 아니냐."

"잡소리 말고 그냥 오라니까?"

노진녕은 기운을 끌어모은 채 기다렸다.

저 미친 여자가 다가오는 그 순간 한 방으로 이 모든 것을 정리할 것이다.

여인은 그런 노진녕을 보며 고개를 절레절레 저었다.

"이 세상의 하늘과 땅 사이에는 내가 서 있잖아? 그 위와 아래의 정확한 선을 확실하게 '인지' 하는 그 순간, 이 세상은 변해."

여인의 덩치는 작았다.

여느 여인들처럼 작고 통통했다.

그런 여자가 쥐는 주먹이 크고 무서울 리가 있겠는가?

'저거에 맞아도 하나도 안 아파 보인다.'

노진녕이 그렇게 생각할 때.

주먹을 곱게 말아 쥔 여인이 스읍 하고 숨을 들이켜자 그녀의 기운이 놀랍도록 차분해졌다.

"자, 그럼 버르장머리 없는 꼬맹이에게 훈계를 내려줄 시간이네?"

여인은 몸을 조금 더 돌려 완전히 주먹을 뒤로 뺀 다음 가볍게 무릎을 움직였다.

그러자 그녀의 몸체가 그 자세 그대로 마치 귀신처럼 바닥을 미끄러져 노진녕에게 쏘아져 갔다.

대경한 얼굴로 노진녕이 주먹을 내지르자, 그 주먹을 정확하게 겨냥해 여인이 주먹을 마주 뻗었다.

'힘으로 해보자는 거지?'

노진녕의 입장에서는 대환영이었다.

그의 주먹에는 천마신공 특유의 먹빛이 이글거렸고, 여인의 주먹에는 작은 빛무리가 아지랑이처럼 일렁거리고 있었다.

'이건 위험하다.'

말려야 했다.

저건 진짜로 위험한 것이니까.

뒤에서 지켜보고 있던 초류향이 깜짝 놀란 얼굴로 몸을 드러내려는 그 순간.

[끼어들지 마라.]

여인의 뒤에 있던 영혼이 초류향의 앞을 불쑥 막아섰다.

순간적으로 주의력이 흐트러진 그때.

초류향의 얼굴이 하얗게 질렸다.

노진녕과 여인의 주먹이 허공에서 부딪쳤던 것이다.

뻐억―!

엄청난 굉음이 터질 줄 알았는데 의외로 그렇지 않았다.

그저 주먹이 부딪치는 짧은 소리만 났을 뿐.

하지만 상황은 보통 심각한 것이 아니었다.

초류향이 재빨리 움직여 쓰러지는 노진녕의 몸체를 받아냈다.

'큰일이다.'

노진녕은 조금 전의 격돌로 손목과 어깨가 빠져 나갔고, 허리가 옆으로 비틀어져 있었다.

단련된 그의 몸뚱이가 어마어마한 충격을 견디지 못한 것이다.

하지만 진짜 문제는 외형적인 것이 아니었다.

노진녕이 전력을 다해 뿜어내던 어마어마한 기운들.

그것들이 산산이 부서지며 되튕겨 나온 것이다.

"컥…… 커헉!"

심각한 내상을 입었는지, 노진녕이 입과 코에서 쉼 없이 피를 쏟아내고 있었다.

초류향이 품에서 불사호심단을 꺼내어 그의 입에 털어 넣은 후 말했다.

"운휘. 그대에게 잠시 노진녕을 맡기겠습니다."

『존명.』

그림자 속에 있던 운휘가 유령처럼 나와서 노진녕을 넘겨받았을 때.

여인이 말했다.

"우와! 정말 세 명이었네? 근데 둘 중에 누구야? 할배가 보인다는 사람이?"

초류향은 여인을 뚫어져라 바라보다가 그 옆에 있는 노인의 영혼을 보았다.

그 시선을 따라간 여인이 눈을 반짝이며 말했다.

"너였구나."

"……."

초류향은 여인을 고요한 안색으로 바라보았다.

유리알처럼 투명한 시선.

한동안 여인을 응시하던 초류향이 낮게 말했다.

"너무 과했다."

"뭐가? 내가 저 녀석한테 한 거 말이야?"

초류향은 고개를 끄덕였다.

"분명 너 정도라면 중간에 손을 멈출 수 있었을 텐데?"

여인은 팔짱을 끼며 눈살을 찌푸렸다.

그녀는 지금 초류향의 말투가 마음에 들지 않았던 것이다.

"그건 저 꼬마에게 예의가 아니지."

"예의?"

"이 누나는 한번 주먹을 꺼내 들면 상대방을 묵사발 내 주든, 내가 묵사발이 나든, 둘 중 하나뿐이라고 배웠거든."

초류향은 힐긋 옆에 있는 노인의 영혼을 바라보며 입을 열었다.

"저자에게 그리 배웠나?"

"그래. 저 할배에게 그렇게 배웠지. 저리 보여도 제법 능력 있는 할배라고."

여인의 대답에 초류향은 미소를 지었다.

하나 눈은 전혀 웃고 있지 않았다.

"저자에게 또 무엇을 배웠는지 궁금해지는군."

"아직도 할배에게 배운 것들이 많은데, 넌 그걸 알아 갈 자신이 있나 봐?"

초류향은 고개를 끄덕였다.

이것이야말로 기다리고 있던 대답이 아닌가?

노진녕을 이렇게 만든 것.

상대방은 그에 대한 합당한 대가를 치러야 했다.

다만 조금 전 상대가 정당한 비무의 형식을 취했기에 초류향도 무턱대고 힘을 쓰지 않은 것뿐이다.

"무엇을 배웠는지 기대되는군."

"좋아. 나도 기대가 돼. 난 지금 네가 어떤 놈이길래 이렇게 막 나가는지, 무지무지 궁금하거든 지금."

여인은 뒤로 묶은 머리를 다시 한 번 정돈한 후 새하얀 치아를 드러

내며 웃었다.

"난 너처럼 시건방진 아이들을 혼내 줄 때가 제일 기분이 좋더라."

"그 기분이 계속 좋았으면 좋겠다."

"계속 좋을 거야. 너도 나한테 두들겨 맞을 거거든. 넌 주먹 한 대로는 고쳐지지 않을 거 같아. 아무래도 여러 대 맞아야겠다."

뚜둑—

여인이 흥얼거리며 관절을 풀 때.

초류향은 아무런 자세도 취하지 않으며 입을 열었다.

"시간을 주지. 지금이라도 운기조식을 해라. 힘을 완전히 회복한 후에 덤벼."

방금 전 노진녕을 상대할 때 여인이 뿜어내었던 기운.

그것은 쉽사리 볼 것이 아니었다.

그 정도의 힘을 사용한 후에 곧장 자신과 싸우려는 것은 어리석은 일이다.

하나 여인은 히죽 웃으며 고개를 저었다.

"히히, 고작 저 정도 애송이를 상대하고 난 것으로 이 누나가 지쳐 보여? 누가 누굴 배려하는 거야, 지금? 이 정도로 지쳤으면 난 벌써 나가 죽었어야 해."

초류향은 여인을 조용히 바라보다가 입을 열었다.

"후회할 거다."

"너나 후회하지 마."

여인은 다시 한 번 주먹을 말아 쥐었다.

그 모습을 바라보며 초류향은 차갑게 웃어 보였다.

초류향은 왼쪽 발을 반걸음 정도 뒤로 뺐다.

그리고 느슨한 자세로 서서 여인을 바라보았다.

아무런 위협도 하지 않고, 아무런 대비도 하지 않는 듯한 묘한 자세.

주먹을 쥐고 기회를 엿보고 있던 여인의 입가에 차츰 득의만만한 미소가 걸렸다.

'내가 이겼어.'

이 녀석, 뭔가 있는 척하더니 결국 별거 아니었다.

일단 자세에서부터 글러먹은 것이다.

상대방과 나를 잇는 가장 짧은 최단거리.

'이것만 지켜도 지지는 않지만…….'

놈은 방금 그 중심선을 자신에게 넘겨주었다.

이제부터는 이쪽에서 일방적으로 상대방을 박살 내 버릴 수가 있는 것이다.

'그럼 교훈을 줘 볼까…….'

실질적으로는 상대방에게서 이 중심선을 빼앗고, 내 것을 얼마나 잘 지킬 수 있는가에 따라서 승패가 결정된다.

한데 이건 시작도 하기 전에 결과가 나온 셈이 아닌가?

여인이 히죽 웃으며 슬그머니 다리에 힘을 주려고 할 때.

희끄무레한 무언가가 나타나 그녀의 앞을 가로막아 섰다.

"할배, 왜?"

[거기까지 해라.]

"어째서? 내가 다 이긴 건데!"

중심선을 가져왔으니 이건 거의 끝난 승부나 마찬가지였다.

붙는 순간 완벽하게 상대방을 박살 낼 수 있을 테니까.

결과만 확인하면 되는 것이다.

할배도 알고 있을 텐데 왜 갑자기 말릴까?

여인은 이해가 되지 않았다.

[쯧, 여전히 너는 동태 눈깔이구나. 너에겐 상대방과 너의 격차가 보이지 않느냐?]

"그게 무슨 말이야?"

여인이 고개를 갸웃거리자 영혼의 얼굴이 가볍게 일그러졌다.

[이것보다 더 쉽게 설명해 주랴?]

"응."

[붙으면 네가 진다는 뜻이다.]

"말도 안 돼!"

여인이 강하게 부정했지만 할배의 영혼은 고개를 저었다.

그리고 초류향을 바라보며 낮은 어조로 입을 열었다.

[너는 지금 이 아이를 죽일 생각이었겠지?]

"……."

[너는 지금 이 아이에게 가벼운 훈계만을 내릴 생각이 아니었을 게야. 그렇지?]

초류향은 대답하지 않았다.

그저 고요한 안색으로 자신에게 말을 거는 영혼을 바라볼 뿐이다.

초류향이 그렇게 가만히 있자 할배는 여인을 바라보며 입을 열었다.

[그만하고 가자.]

"싫어."

여인은 볼을 빵빵하게 부풀리며 불만스러운 얼굴을 해 보였다.

[왜?]

"그냥 싫어."

할배는 초조한 얼굴로 말했다.

[붙으면 진다니까? 저 녀석은 이미 '별'을 본 녀석이다. 지금의 너와는 현격한 격차가 있지.]

"아니야. 할배가 뭔가 착각한 걸 거야. 내가 이길 수 있어, 저 정도 녀석쯤은."

여인은 강한 호승심을 보이며 초류향을 바라보았다.

초류향은 그런 살기등등한 여인의 눈빛을 보며 무덤덤하게 입을 열었다.

"우습군."

"뭐가?"

여인이 발끈한 얼굴로 대꾸하자 초류향이 스스로의 머리를 쓸어 올리며 차갑게 입을 열었다.

"어차피 애초부터 나는 널 그냥 보내 줄 생각 따윈 없었다."

노진녕을 저렇게 만들어 놓았는데 멀쩡하게 그냥 가겠다고?

말도 안 되는 소리다.

방금 전 저 영혼이 방해하지 않았다면 저 여인은 정말로 죽었을지도 모른다.

힘을 조절할 생각 따위는 조금도 없었으니까.

'적어도 받은 만큼 돌려준다.'

저 여인이 보고 있는 중심선.

그런 것은 초류향에게도 보였다.

하나 지금의 초류향에게는 그것이 하나도 중요하지 않았을 뿐이다.

여인의 눈이 중심선을 좇기에 초류향은 오히려 잘되었다 싶었다.

그래서 덤벼들기 편하라고, 조금 전에 그것을 일부러 내준 것이다.

'아쉽다.'

조금만 더 시간을 주었다면 여인은 노진녕에게 했던 것처럼 주먹을 뻗어 왔을 테고, 그러면 초류향 역시 그 주먹을 똑같이 맞받아쳐 줄 생각이었다.

노진녕이 당했던 것처럼 똑같이 딱 한 방만.

그 한 방이면 충분했을 터.

[거기까지만 해도 충분할 텐데? 자비를 베푸는 것도 더욱 위로 올라갈 수 있는 여지를 만들어 준다.]

할배의 영혼이 다시금 둘 사이를 가로막으며 말하자 초류향이 눈을 가늘게 뜨며 말했다.

"방해하지 마라."

우우웅―

갑자기 초류향의 머리 위로 붉은색 눈동자가 이글거리며 떠올랐다.

심연술을 발휘한 것이다.

"어?"

여인이 갑자기 눈앞에 나타난 거대한 붉은 눈동자에 눈을 동그랗게 뜨며 깜짝 놀라는 얼굴을 해 보였고, 할배의 영혼은 심연술을 보는 순간 표정을 확 바꾸며 초류향을 노려보았다.

[네놈은 이것을 어디에서 배웠느냐?]

"그걸 그쪽이 알 필요가 있을까?"

[내가 설마 아무것도 모르고 너에게 물어보는 것 같으냐?]

초류향의 입가에 진한 미소가 걸렸다.

"아무것도 모르지 않는다? 그럼 무엇을 알고 있지? 알고 있는 게 무엇이냐?"

말을 하며 초류향이 한 걸음 성큼 다가가자 노인은 괴로운 듯 얼굴을 일그러뜨리며 입을 열었다.

[네 녀석들은 천마신교에서 나온 놈들이 아니더냐?]

초류향은 멈칫했다.

그리고 묘한 웃음을 입가에 그렸다.

확실히 저 여인은 관심 밖이었지만 이 노인의 정체에 대해서는 궁금해졌다.

스승님에게 직접 은밀하게 전수받은 심연술이다.

그리고 초류향이 알기로 이것은 외부에 드러난 적이 없었다.

때문에 이것은 대단히 중요한 문제다.

'놓칠 수는 없지.'

초류향은 심연술을 움직여 노인의 영혼을 정면으로 직시했다.

그러자 타오를 듯한 붉은 눈이 노인의 영혼을 움직이지 못하도록 완전히 포박해 버렸다.

"본 교를 아는가?"

노인은 살짝 괴로운 얼굴을 해 보였다가 고개를 끄덕이며 말했다.

[잘 알지. 내가 살아 있었을 때도 그곳에는 위험한 놈들이 득실거렸으니까.]

"그런가? 당시 본 교에 누가 있었지?"

노인은 입을 다물었다.

말하기를 거부한 것이다.

하나…….

'무의미한 짓이다.'

초류향에게는 심연술이 있었다.

"말해라."

질문을 하면서 동시에 초류향이 심연술을 강하게 일으키자 노인의 전신이 덜덜 떨리기 시작했다.

쩌어어엉—!

평범한 사람에게는 들리지 않는 엄청난 소리가 사방에 퍼져 나갔다.

[크으으…….]

살아 있는 인간도 심연술의 막강한 힘은 거부할 수가 없었다.

영혼에 직접적으로 제약을 거는 것이니까.

당연히 죽어서 영혼밖에 없는 노인은 더더욱 강한 속박을 받을 수밖에 없다.

결국 버티고 버티던 노인이 나지막이 괴로운 한숨을 내쉬며 입을 열었다.

[지옥마제…… 그가 교주로 있었다.]

초류향은 눈을 반짝였다.

지옥마제라면 공손천기 스승님의 사부가 아닌가?

그렇다면 불과 백 년도 채 지나지 않은 이야기였다.

잠시 침묵을 지킨 채 서 있던 초류향이 노인을 강하게 압박하며 물었다.

"당시 교주를 직접 본 건가?"

[그건…….]

"이 나쁜 놈! 그만두라고!"

여인이 노인의 앞을 가로막으며 초류향을 쏘아보았다.

그녀의 전신에서는 노진녕을 상대할 때와 똑같은 맑은 아지랑이들이 피어오르고 있었다.

초류향은 얼굴을 찌푸렸다.

중간에 방해를 받는 바람에 노인에게 걸었던 심연술의 속박이 풀렸던 것이다.

[비켜라. 이건 네가 낄 자리가 아니야.]

노인이 괴로운 얼굴로 입을 열자 여인이 코웃음을 치며 말했다.

"다 죽어 가면서 센 척하지 마, 할배. 이놈은 나한테 맡겨."

여인의 말에 노인은 작게 침음을 삼키다가 결국 한숨을 내쉬며 말했다.

[저 녀석은 여태까지 네가 상대해 왔던 그런 평범한 놈이 아니다.]

"알아. 이제는 내 눈에도 그렇게 보이니까."

귀신을 속박하고 제 마음대로 부릴 수 있는 능력.

게다가 무력 역시 평범하지 않았다.

'분명 할배가 별을 보았다고 했지?'

여인은 입술을 깨물었다.

별이라는 단어는 어떤 추상적인 것을 말했다.

그녀가 알기에 같은 화경의 고수라도 별을 보았다고 알려진 자는 극히 소수에 불과했다.

'삼황이라 불리는 자들이 아마 거기에 속하겠지.'

한데 눈앞에 있는 저렇게 젊은 사내가 별을 보았다?

아직 그녀도 보지 못했는데?

처음에는 믿지 못했다.

하지만 지금은 알 수 있었다.

'어느새 중심선을 빼앗겼어.'

자신이 할배 앞을 막아서자마자 분명 저 녀석은 자신의 중심선을 도로 되찾아 갔다.

그녀에게 까불지 말라고 강하게 경고한 것이다.

덕분에 여인도 한껏 신중한 얼굴로 초류향을 바라보고 있었다.

그때 노인이 앓는 듯한 말투로 입을 열었다.

[내 생각이 맞다면 아마 저 녀석은…… 당대 천마신교의 교주일 게다.]

"……뭐?"

긴장하고 있던 여인의 얼굴에 황당함이 떠올랐다.

그리고 그녀는 자신의 귀를 만지작거리며 노인을 바라보았다.

"내가 지금 잘못 들은 거야? 교주라고? 천마신교의 교주?"

[그래. 내 생각이 맞을 게야.]

"교주가 왜 수하들도 없이 이렇게 다녀? 게다가 내가 아는 교주는 분명 삼황의 한 명인 암흑마황이라고…… 그 왜 있잖아? 정도맹의 맹주를 한 방에 보내 버렸다는 천하제일고수. 근데 그 사람은 분명 전 시대의 사람이었어. 저렇게 젊을 리가 없다고."

노인은 고개를 저었다.

그리고 초류향을 똑바로 바라보며 입을 열었다.

[저 녀석은 교주가 맞다. 그러니 전대의 교주들을 저렇게 편하게 부를 수 있었겠지. 일반적인 교도들은 죽은 교주들이라고 하더라도 존칭을 사용하거든.]

초류향은 노인의 예리한 분석력에 고개를 끄덕였다.

저 노인은 생각했던 것보다 천마신교에 대해 아는 게 많았다.

'점점 더 정체가 궁금해지는군.'

초류향이 노인의 정체에 의구심을 품는 이유가 하나 더 생겼다.

"그, 그럼 설마 암흑마황이라는 사람이 반로환동을 한 건가?"

그러면 모든 이야기의 앞뒤가 딱딱 들어맞았다.

여인이 자신의 엄청난 추리력에 스스로도 화들짝 놀라는 얼굴을 해 보이며 초류향의 눈치를 살필 때.

초류향은 씁쓸한 얼굴로 입을 열었다.

"네가 말하는 그분은 내 스승님이시다."

여인의 눈이 크게 뜨여졌다.

그리고 초류향을 아래위로 훑어보던 그녀가 입을 열었다.

"그럼 네가 정말 교주야?"

"그래."

선선히 인정한 초류향은 심연술을 풀며 낮고 힘 있는 어투로 말했다.

"내 정체를 알았으니 그쪽도 정체를 밝혀라."

"내 이름은 서문현아(西門泫娥)야."

여인이 순순히 자신의 이름을 말했지만 초류향은 고개를 저었다.

"내가 궁금한 쪽은 그쪽이 아니다. 이쪽이지."

서문현아.

그녀가 무안한 얼굴을 하든 말든 초류향은 노인을 정면으로 바라보았다.

그 의혹에 가득 찬 시선을 받으며 노인은 고민했다.

자신의 정체에 대해서 말하기가 꺼려졌던 것이다.

아직 여인에게도 제대로 말하지 않았었으니까.

'게다가…….'

그 상대가 당대 천마신교의 교주라면 더더욱 말할 수 없었다.

이러지도 저러지도 못한 채 노인이 고민하고 있을 때.

초류향이 얼굴을 찌푸리며 입을 열었다.

"고민하라고 물어본 질문이 아니다. 전부 다 말해라. 하나도 숨김 없이."

[…….]

노인이 초류향을 물끄러미 바라보았다.

서문현아.

그녀도 궁금한 얼굴로 노인을 바라보았다.

부끄러운 일이었지만 아직 그녀도 노인의 정확한 정체에 대해서 알고 있지 못했던 것이다.

그동안 자신에게 이것저것 좋은 것들만 가르쳐 주어서 정체에 대해서는 딱히 신경을 쓰지 않았는데, 그녀도 지금에 와서야 갑자기 궁금해진 것이다.

그래서 조심스럽게 물어보았다.

"왜? 말하기 곤란한 거야, 할배?"

[……말하기가 쉬운 거였으면 진즉에 너에게 이야기했겠지.]

서문현아의 철없는 질문에 노인은 너털 웃어 버렸다.

그리고 결국 마음의 결정을 내렸는지 초류향을 똑바로 바라보았다.

[내 정체에 대해 무언가 의심을 하고 있는 건가? 당대의 교주여.]

"아주 많은 의심을 하고 있다. 그리고 여러 가지 가능성들을 생각하고 있지."

외부의 사람이 천마신교에 대해 저렇게 자세하게 알고 있을 리가 없다.

심연술도 그러했고, 천마신교 내부의 사정에 대해서도 상당히 자세히 알고 있었다.

이건 의심할 만한 이유가 충분하지 않은가?

초류향이 그렇게 나름의 가능성들을 재고 있을 때.

노인이 설핏 웃으며 입을 열었다.

[너는 나의 정체에 대해 전혀 예상하고 있지 못할 것이다.]

"과연 그럴까?"

초류향은 본능적으로 상대가 진실을 말할 자세가 되었음을 깨달았다.

그래서 담담한 얼굴로 그것을 들을 준비를 했다.

그리고…… 분하게도 상대방의 말처럼 그의 정체는 초류향이 예상하는 것, 그 이상이었다.

# 第四章

# 풍혈마군

'그' 는 백 년에 한 번 나타날까 말까 하다는 무공의 천재였다.

남들이 수십 년에 걸쳐 배울 무공을 단 일 년 만에 배웠고, 손에 잡히는 모든 무기를 제 몸처럼 다룰 수 있었다.

하늘은 '그' 에게 뛰어난 재능을 주었을 뿐만 아니라 좋은 스승과 만나는 최고의 기연도 준비해 주었다.

'그' 의 앞길에는 그 어떤 것도 부족함이 없었다.

"네가 화경에 들어가면 너에게 수라환경을 전수하마."

지옥마제.

그는 자신의 첫째 제자이자 강호에서 풍혈마군이라 불리는 '그' 에게 이렇게 말했다.

수라환경을 전수한다는 것.

그것은 차세대 천마신교를 이끌고 나갈 후계자를 그로 정하겠다는 뜻이 아니겠는가?

'그' 는 흥분했다.

천마신교의 주인이 된다는 것.

그것은 그야말로 가문의 영광 중의 영광이었다.

때문에 '그' 는 화경을 이루기 위해 밤낮으로 무공에 정진했다.

하나 천재라 불리는 '그' 에게도 화경의 경지는 진정으로 쉽지 않았다.

시간은 덧없이 흘러만 가고, 초조함에 사로잡힌 '그' 는 결국 모든 것을 잊고 수련에만 전념하기 위해 폐관 수련에 들어가게 되었다.

폐관 수련을 한 지 일 년이 지나가고, 이 년이 흘러갔다.

그리고 마침내 삼 년째가 되는 날.

폐관을 위해 입구를 막아 놓았던 바위가 부서지며 '그' 가 밖으로 걸어 나왔다.

드디어 꿈에 그리던 화경의 단계에 도달했던 것이다.

당시 나이는 불과 스물다섯 살.

'그' 는 진정 천재 중의 천재였다.

기쁜 마음으로 스승님인 지옥마제를 만나러 갔을 때 '그' 는 보았다.

똘망똘망한 표정의 꼬마아이가 스승님의 곁에 앉아 있는 것을.

스승님은 그 꼬마아이의 이름을 공손천기라 말했다.

"결국 네가 화경에 도달했구나."

"예, 스승님. 너무 기다리게 해 드렸습니다."

젊은 사내.

풍혈마군의 본명은 전윤수였다.

현재 지옥마제의 첫 번째 제자이자 그의 모든 것을 이어받을 예정인 후계자.

그것이 바로 사내였다.

"옆에 있는 그 아이는……."

"아? 내 정신 좀 보게. 그러고 보니 이놈을 소개하지 않았구만."

지옥마제는 옆에서 호기심 가득한 얼굴을 하고 있는 소년을 앞으로 슬쩍 밀며 말했다.

"공손천기라 한다. 네 막내 사제가 되겠지."

"……이 꼬마가…… 제 막내 사제라는 말씀이십니까?"

"그래."

풍혈마군의 얼굴이 순간 묘하게 바뀌었다.

지금 이 시점에서 제자를 거둔 것은 무슨 뜻일까?

'이건 의미 없는 일이 아닌가?'

스승님이 원하는 대로 화경의 고수가 되었다.

그러니 이제는 수라환경을 전수받을 일만 남은 것이다.

수라환경을 완전히 물려받는 그 순간.

그때부터 전윤수는 공식적으로 천마신교의 소교주가 될 것이다.

그렇게 한번 소교주로 결정이 되면 '특별한', 정말 아주아주 '특별한' 일이 발생하지 않는 이상 번복되지 않는다.

때문에 후계자가 되지 못한 다른 제자들은 이미 정해진 소교주에게 죽임을 당하거나 영원히 외부로 추방되어야만 했다.

그것이 바로 천마신교 피의 율법이다.

"이상할 게다. 확실히 너의 입장에서는 지금 이 녀석의 존재가 납득이 되지 않겠지."

"……예."

전윤수의 얼굴에 순간 떨떠름함이 떠올랐다.

스승님께서는 대체 어쩌자고 이 아이를 제자로 맞은 걸까?

이런 꼬맹이, 아니 핏덩이를 제 손으로 죽일 수는 없었다.

그건 차마 못 할 짓인 것이다.

그러면 교에서 쫓아낼 수밖에 없는데…… 이런 꼬마가 교에서 쫓겨나면 과연 갈 곳이나 있을까?

'욕심이 과하셨다.'

어린 공손천기를 바라보는 전윤수의 얼굴에 안쓰러움이 떠올랐다.

그 표정을 가만히 보고 있던 어린 공손천기가 갑자기 방긋 웃으며 입을 열었다.

"대사형! 제가 이제부터 대사형이라 불러도 되는 거지요?"

"응? 으응. 그렇지."

덥석—

어린 공손천기는 활짝 웃으며 쫄래쫄래 다가와 전윤수의 소매를 꼬옥 잡고 말했다.

"헤헤, 그럼 우리 친하게 지내요, 대사형."

너무나도 해맑은 웃음.

그 웃음을 마주하는 순간 전윤수는 자신도 모르게 마른침을 삼켰다.

어린 공손천기에게는 자신과 너무도 다른 천진난만한 밝은 구석이 있었다.

"……그래."

전윤수는 공손천기의 머리에 손을 올리며 생각했다.

지금 이 순간.

공손천기의 티 없이 맑은 웃음과 마주하는 순간 결심한 것이다.

자기가 정식으로 소교주가 된다면 이 작은 녀석의 뒤는 반드시 책임져 주겠다고.

공손천기의 작은 머리를 쓰다듬으며 전윤수는 속으로 그렇게 다짐했다.

*　　*　　*

삼 년 후.

전윤수는 무척이나 어두운 얼굴로 그의 스승인 지옥마제와 마주 앉아 있었다.

지옥마제 역시 그다지 않게 불편한 표정이 역력했기에 방 안의 공기는 무척이나 무거웠다.

"……어째서 수라환경의 전수를 미루시는지 그 연유를 알고 싶습니다. 저는 스승님과의 약속을 다 지켰습니다."

"쿵, 알지. 네 녀석이 열심히 한 것. 나도 잘 알고 있다."

"한데 어찌하여…… 저와의 약속을 지켜 주시지 않는 것입니까?"

"그게 말이다……."

지옥마제는 애매모호한 얼굴로 잠시 그의 대제자를 바라보았다.

이 녀석은 정말 우직하고 성실했다.

무공에 대한 엄청난 재능이 있음에도 불구하고 단 한 번도 게으름을 피우는 법 없이 정진에 정진을 거듭해 온 노력파였다.

굉장히 어린 나이에 화경의 단계에 오른 것도 그러했고, 그런 절대적인 강함을 얻었음에도 불구하고 전혀 나태해지지 않은 점도 그러했다.

이런 녀석이 천마신교를 이끌어 간다면 장래 천마신교는 한층 더 단단해지고 번성할 것이 분명했다.

'하지만…….'

지옥마제는 볼을 가볍게 긁적였다.

풍혈마군 전윤수.

이 녀석이 차기 교주가 돼도 아무런 문제가 없다는 데에는 그도 동감했다.

하나 지옥마제가 망설이며 뜸을 들이는 이유는 간단했다.

그리고 그 이유를 전윤수도 알았기에 진지한 얼굴로 지옥마제를 바라보았다.

"차기 후계자로 공손천기, 그 아이를 염두에 두고 계시는 겁니까?"

"……뭐 솔직하게 말하자면 그렇지."

"그 아이에게서 저보다 더 뛰어난 무언가를 보셨습니까?"

지옥마제는 고개를 저었다.

"그게 확실하지 않아서 지금 고민 중이다."

"하면 스승님께서는 제가 어떻게 했으면 좋겠습니까?"

"……내가 여기서 너에게 더 기다려 달라고 하면 너무 염치없는 게냐?"

전윤수는 아무 말도 없이 지옥마제를 바라보았다.

그의 눈빛에는 숨길 수 없는 실망감이 가득했다.

"……그 아이가 그 정도입니까? 아니면 제가 이 정도밖에 안 되는 것입니까?"

"너에게는…… 미안하다. 면목이 없다."

지옥마제는 정말 미안한 얼굴을 해 보였다.

이건 평소의 그답지 않은 일이었기에 전윤수는 깊은 한숨을 내쉬며 말했다.

"저는 스승님께서 미안해하시는 모습을 보려고 이곳에 온 것이 아닙니다."

"그래도 미안하다. 어쩌다 보니 일이 이렇게 되어 버렸다."

목을 긁적거리며 멋쩍은 표정을 짓는 지옥마제를 보던 전윤수가 입을 열었다.

"……차후에 제가 정식 후계자가 되었을 때…… 지금 느낀 이 서

운함을 어찌 감당하려 하십니까?"

"그때는 지금 받은 것의 두 배로 쳐서 갚거라. 묵묵히 감당하마."

지옥마제가 호탕하게 말하자 전윤수는 피식 웃었다.

"알겠습니다. 그땐 두 배로 갚아 드리지요."

"잘 생각했다. 역시 내 제자구나."

흐뭇하게 웃는 지옥마제를 보던 전윤수가 불쑥 말했다.

"한데 마냥 기다려 드릴 수는 없습니다. 기한을 정하는 게 옳을 것 같습니다."

"기한 말이냐?"

"예."

지옥마제는 고개를 끄덕였다.

이건 전윤수의 입장에서 봤을 때 제법 정당한 요구였던 것이다.

"좋다. 하면 너는 기한을 얼마로 생각하느냐?"

전윤수는 흐릿하게 웃었다.

삼 년 전, 당시에는 그 꼬맹이가 이렇게 강적이 되어 나타날 것이라고는 짐작조차 하지 못했다.

하나 지금은 인정해야 했다.

그 아이의 재능은 스승님이 감탄할 정도로 정말 무시무시했고, 아직은 모자랄지언정 조만간 그의 턱밑까지 따라올 것이 분명했다.

그러니 견제가 필요했다. 조금은 비겁한 행동이지만 확실하게 싹을 밟아 둘 필요가 있었다.

"그 아이에게 그리 많은 시간을 줄 순 없습니다. 제가 삼 년이 걸렸으니 그 아이에게도 삼 년을 주는 것은 어떻겠습니까?"

"……설마 화경까지 도달하는 데 삼 년을 주라는 말이냐?"

"예."

지옥마제는 굳은 표정을 해 보였다.

그 얼굴을 전윤수는 피하지 않고 마주 보았다.

양보는 여기까지였다.

더 이상은 무리다.

"……삼 년 뒤면 그 아이가 열다섯 살이 되겠군."

"예."

"조금 빠른데?"

지옥마제는 목을 긁적거렸다.

그러다 히죽 웃으며 고개를 끄덕였다.

"좋다. 그렇게 하기로 하자. 무르기 없기다?"

"알겠습니다. 녀석이 그때까지 화경에 도달하면 저도 녀석을 인정하겠습니다."

지옥마제와 그의 대제자 전윤수.

둘은 그렇게 은밀하게 거래를 했고, 그 승부에서 지옥마제가 이겼다.

그 승부의 결과가 나오기까지는 겨우 이 년밖에 걸리지 않았다.

공손천기는 불과 이 년 만에 화경의 고수가 되었던 것이다.

*　　*　　*

[진짜 괴물이었지, 그놈은.]

초류향은 질린 얼굴을 하고 있는 영혼을 고요한 시선으로 바라보았다.

그의 본명을 듣고, 그의 과거 이야기를 들었으니 이제는 더 이상 그를 함부로 대할 수 없었다.

"……제 사백님이 되시는군요. 제가 몰라서 실수를 했습니다."

스승의 사형이면 초류향도 예의를 갖춰야 옳았다.

그랬기에 초류향이 정중하게 읍을 하며 사과하자 전윤수는 고개를 절레절레 저었다.

[교주는 그 누구에게도 사과할 필요가 없다. 앞으로 어디 가서 동정심이 아닌 한 그 누구에게도 고개를 숙이지 마라.]

이와 비슷한 이야기를 공손천기에게도 들은 적이 있었다.

그들은 한결같이 교주라는 자리에 대한 자부심이 가득했다.

그것을 알았기에 초류향은 고개를 끄덕였다.

"명심하지요."

전윤수에게 대답한 초류향은 그를 가만히 바라보았다.

그에게 호기심이 생긴 것이다.

과거 공손천기 스승님이 살아 계셨을 때.

바로 위의 사형이라는 혈수광마 권광민에 대해서는 이것저것 들은 바가 많았다.

하나 또 다른 한 명의 사형에 대해서는 거의 이야기를 들을 수 없었다.

지나가는 말로라도 화제에 오른 적이 없었기 때문이다.

'나에게는 단지 소교주가 결정되자마자 천마신교를 떠난 것이 전부라고만 말씀하셨다.'

그 자세한 속사정은 알 수가 없었다.

공손천기가 은근히 말하기를 꺼렸던 것이다.

스승님께서 감추려는 걸 굳이 캐묻기도 어려워 물어보지 못했던 이야기를 이런 식으로 듣게 될 줄은 몰랐다.

"제 스승님은 어떤 사람이었습니까?"

다른 사람이 평가하는 스승님은 어떤 사람이었을까?

과거의 그도 초류향이 알고 있는 모습처럼 강하고 멋졌을까?

잠시 무언가를 생각하던 전윤수가 입을 열었다.

[……그놈은 교주가 될 자격이 충분했지. 강했고, 똑똑했다. 그것만 알면 되지 않겠나?]

이상한 일이었다.

공손천기 스승님도 그렇고, 눈앞에 있는 이 영혼도 그렇고 왠지 모르게 과거의 일을 꺼내는 것을 머뭇거렸다.

더 캐볼까 싶었지만 관두었다.

둘 사이에 묻어 두고 싶은 이야기가 있으면 묻어 두는 것도 나쁘지 않을 터.

초류향은 시선을 옆으로 돌려 전윤수의 옆에 있는 여자를 바라보았다.

'서문현아라고 했던가?'

사실 이 여자도 그렇고, 눈앞에 있는 이 영혼도 그렇고 둘 다 초류향에게는 굉장히 신기한 존재들이었다.

'전윤수의 수치가…… 팔십삼이고…… 저 여자는…….'

팔십삼만 되더라도 흔하게 볼 수 있는 수치가 아니었다.

실로 어마어마한 잠재력이었으니까.

한데 문제는 그게 아니었다.

초류향은 서문현아를 바라보며 잠시 곤혹스러운 얼굴을 했다.

'팔십오.'

초류향은 서문현아의 막강한 잠재력에 잠시 질린 표정을 지었다.

생각해 보니 그녀의 수치는 그 엄청난 구휘와 동급이었던 것이다.

*　　*　　*

"대사형, 접니다. 들어가도 됩니까?"

"들어와라."

공손천기는 한밤중에 불쑥 풍혈마군을 찾아왔다.

복잡한 얼굴을 한 풍혈마군은 그의 막내 사제이자 이제는 소교주가 된 공손천기를 바라보았다.

어렸을 때부터 녀석을 귀여워하며 무공은 물론이고 그 밖에도 여러 가지를 다 가르치지 않았던가?

그러나 그 아이가 이제는 자신의 자리를 차지해 버렸다.

마음이 번잡하지 않다면 오히려 그것이 거짓말일 것이다.

어린 공손천기는 불과 십구 세에 소교주가 되었고, 벌써 수라환경이라는 극강의 마공을 이어받았다.

예전과 그 위치가 확연하게 달라진 것이다.

"나를 죽이러 왔느냐?"

"그게 무슨 소립니까, 대사형?"

"본 교 피의 율법을 잊었느냐?"

후계자가 정해지면 소교주 외의 다른 자들은 다 죽이거나 쫓아내야만 했다.

쫓아낼 경우에도 보통 곱게 내보내진 않는다.

이미 배운 무공을 되돌려 받을 수는 없으니, 단전을 부수고 팔다리 힘줄을 도려내는 작업을 거친 후에 쫓아내는 것이다.

그렇게 폐인이 된다면 얼마 살지 못하고 죽는 것이 대부분이다.

"모르겠는데요? 그렇게 어려운 율법 같은 건."

공손천기가 능청스러운 얼굴을 해 보이며 풍혈마군의 맞은편에 가서 앉았다.

그리고 그의 눈을 똑바로 바라보다 불쑥 입을 열었다.

"그나저나 미안합니다, 대사형."

"무엇이 말이냐?"

막상 사과는 했지만 이것을 어떻게 말해야 할까?

공손천기는 뒷머리를 긁적이며 입을 열었다.

"제가…… 밥그릇을 뺏었지 않습니까?"

"그랬지. 하지만 미안해할 필요는 전혀 없다."

"그렇습니까?"

"그래. 온전히 네 능력으로 얻은 자리다. 나에게 미안해할 이유가 없는 것이지."

강한 자가 모든 것을 얻는다.

패자는 이곳에서 아무것도 얻을 수 없다.

그것이 천마신교가 가지고 있는 진하디진한 순수성이었으니까.

"하긴, 사형 말도 맞군요."

그 대화를 끝으로 공손천기와 풍혈마군은 한동안 아무런 이야기도 하지 않았다.

그러다 이번에도 역시 먼저 입을 연 것은 공손천기였다.

그는 손가락으로 탁자의 무늬를 만지며 입을 열었다.

"대사형은 늘 진지한 것이 문제입니다."

"……내가 별로 재미없는 사람이긴 하지."

공손천기는 피식 웃었다.

그리고 나이 차이가 많이 나는 그의 대사형을 바라보며 말했다.

"대사형은 절 죽일 생각을 한 번이라도 하셨습니까?"

풍혈마군은 고개를 저었다.

그럴 생각은 조금도 없었다.

제아무리 공손천기가 두려운 재능을 지녔고, 그의 자리를 빼앗아 갔다지만 공손천기는 그의 사제다.

그랬기에 그런 생각은 단 한 번도 해 본 적이 없었던 것이다.

"대사형은 지금 제가 어떻게 했으면 좋겠습니까?"

"네 마음 내키는 대로 하거라."

"정말 그래도 되겠습니까?"

"물론이다. 너는 그럴 만한 자격이 있으니."

풍혈마군이 씁쓸한 얼굴을 해 보일 때.

공손천기가 계속 입을 열었다.

"나는 사실 대사형이 조금 더 악랄한 사람이었으면 했습니다. 제 목숨을 빼앗는 것에 주저함이 없는 사람이었으면 했지요. 그런데 그러기엔 대사형은 너무 좋은 사람이었습니다."

"……너는 정말로 그렇게 믿고 있느냐?"

공손천기는 갑작스러운 풍혈마군의 반문에 멈칫했다.

그러다 피식 웃었다.

"적어도 제가 알고 있는 대사형은 너무도 사람이 좋습니다. 그래서 고민인 거예요."

역대 천마신교의 과거를 돌아보면, 교주의 제자들은 언제나 서로가 서로를 죽이기 위해 이를 갈았다.

호시탐탐 기회를 노리다가 빈틈이 보이면 주저 없이 암습을 가했던 것이다.

'모든 욕망의 정점.'

그것이 바로 교주라는 자리다.

하나 이번 지옥마제의 제자들은 달랐다.

스스로의 재능에 대해 자부심이 강했기에 각자 자신의 무공을 상대방에게 공유하며 서로 가르쳐 주기를 전혀 망설이지 않았다.

이것은 전례가 없는 일이었다.

"따지고 보면 셋 중에 제일 악독한 제가 소교주가 된 셈입니다."

풍혈마군은 고개를 저었다.

그리고 쓰게 웃으며 말했다.

"너는 의외로 좋은 놈이다. 그리고 충분한 자격이 있지. 그래서 네가 소교주가 된 것이다."

"뭐 그럴 수도 있겠죠. 아무튼 저는 한 가지 결론을 내리고 대사형을 찾아왔습니다."

"그게 무엇이냐?"

"저는 대사형은 물론 둘째 사형한테도 손 하나 안 댈 생각입니다. 두 분 다 멀쩡하게 지내도록 해 드리겠습니다."

"……!"

"그러니 이곳에서 사십시오."

풍혈마군은 잠시 이해할 수 없다는 얼굴로 공손천기를 바라보았다.

그러다 바람 빠지는 듯한 음성으로 말했다.

"……그럴 순 없다. 너도 알지 않느냐?"

"뒷방에 있는 영감쟁이들 때문에 그러십니까? 그 문제라면 대사형은 아무것도 걱정 마십시오. 그 영감쟁이들은 제가 한 손으로 콱 그냥!"

풍혈마군은 고개를 저었다.

"공손천기."

"예?"

"나는 이곳에 있어서는 안 될 사람이다. 나는 그냥 이곳에 있는 것만으로도 너의 위치를 위태롭게 할 거다."

"왜요?"

"너도 알지 않느냐?"

풍혈마군은 화경의 고수였다.

그것도 후계자가 될 것이 거의 확실했던 사람이 아니던가?

그런 사람이 멀쩡하게 살아서 천마신교에 남아 있는다?

이것은 말이 되지 않았다.

한 하늘에 두 개의 태양이 존재해선 안 되었다.

"네 손으로 나를 죽여라. 그게 가장 보기 좋은 모습이겠지."

"대사형은 제가 그럴 수 있다고 보십니까?"

"교주가 되기 위한 마지막 시험이라고 생각해라, 그럼 편할 것이다."

풍혈마군은 눈을 감았다.

그 모습을 물끄러미 지켜보고 있던 공손천기가 입맛을 쩝 하고 다시며 말했다.

"이제 보니 대사형도 제법 사람 웃기는 법을 아십니다. 재미있네요."

"……."

"대사형 말처럼 제 위치가 아직 위태롭긴 하죠. 틀린 말이 아닙니다. 뒷방 영감쟁이들 중에는 아직 대사형한테 미련 가지고 있는 노친

네들이 많으니까요."

사실은 대다수가 풍혈마군에게 미련을 가지고 있었다.

그 빛나는 천재성을 잊지 못하는 것이다.

공손천기가 그것보다 더 뛰어난 모습을 보이긴 했지만 그 어디로 튈지 모르는 성격과 돌출행동 때문에 상대적으로 안정적인 풍혈마군을 더욱 지지하는 것이다.

"저는 방금도 말했다시피 대사형에게 손대지 않을 생각입니다."

"나는……."

풍혈마군이 뭐라 더 말하기 전에 공손천기가 손바닥을 펴서 내밀며 뒷말을 막았다.

고지식한 대사형이 무슨 말을 할지 예상을 했던 것이다.

"대사형은 제가 걱정되시는 거지요?"

"……."

"그렇다면 좋습니다. 저와 거래를 하죠."

"거래?"

"예. 이건 거래입니다."

공손천기는 풍혈마군을 똑바로 바라보았다.

그리고 웃으며 입을 열었다.

그렇게 공손천기와 풍혈마군 사이에 평생에 걸친 약속이자 비밀이 생겼다.

*　　*　　*

초류향이 서문현아의 엄청난 잠재력 수치를 보며 복잡한 얼굴을 하고 있을 때.

뒤에서 가만히 이야기를 듣고 있던 운휘가 입을 열어서 초류향에게 물었다.

"혹시 이곳에 있다는 영혼이 스스로를 풍혈마군이라 하였습니까, 주군?"

초류향이 의아한 얼굴로 고개를 끄덕이자 운휘는 심각한 눈빛으로 입을 열었다.

"그럼 저 여인은 그의 제자라는 말입니까?"

"그래. 이 누나가 할배의 유일한 제자다. 꼬맹아."

여인이 가슴을 펴며 당당하게 말하자 운휘의 눈가가 가늘어졌다.

운휘는 자세를 바로잡은 후 그녀를 똑바로 바라보며 말했다.

"네가 정말 풍혈마군의 제자가 맞다면 너는 지금 당장 이곳에서 무릎을 꿇어야 한다."

"미친놈. 내가 왜?"

운휘는 재빠르게 노진녕의 응급처치를 끝낸 후 조심스럽게 그를 들어서 저 멀리 데려가 바닥에 눕혔다.

그리고 뚜벅뚜벅 걸어서 서문현아의 앞까지 다가간 후 입을 열었다.

"네가 그에게 무공을 배웠다면 너 역시 천마신교의 교도. 신을 보고도 예의를 갖추지 않는다면 율법에 따라 너를 처벌할 수밖에 없겠지."

"내가 천마신교의 교도라고?"

서문현아는 순간 황당하다는 얼굴을 해 보였다.

그러다 생각해 보니 아주 틀린 말이 아니라는 것을 깨닫고 어처구니없다는 듯 코웃음을 쳤다.

'내가 이놈들이랑 한패라고?'

이 무슨 황당한 상황이라는 말인가?

하나 이대로 무릎을 꿇을 수는 없었다.

오기가 생겼던 것이다.

"그런데 설마 네 녀석이 나를 처벌하겠다는 거야? 교주가 직접 나서는 게 아니고?"

비웃음을 머금으며 그녀가 도발하듯 묻자 운휘는 고개를 끄덕였다.

"너는 나로도 충분하다. 그다지 어렵지 않지."

서문현아는 운휘를 위아래로 훑어본 후 씨익 웃었다.

"교주는 어렵겠지만 너는 아직 내 상대가 아니야. 이 누나 그렇게 만만한 사람 아닌 거, 저기 쓰러져 있는 네 친구를 통해 봤을 텐데?"

"멍청한 질문이로군. 저 바보 녀석은 내 친구가 아니다. 그리고……."

운휘는 천천히 복면을 벗었다.

그리고 입가에 가느다란 미소를 그리며 말했다.

"난 한 번 본 무공에는 당하지 않는다."

"개소리하고 있네."

서문현아는 운휘의 말을 믿지 않았다.

그리고 주먹을 탈탈 털며 말했다.

"방금 그 말, 목숨 걸고 나에게 증명해 볼래?"

운휘는 초류향을 바라보았다.

그리고 물었다.

"제가 나서서 그녀를 처벌해도 되겠습니까, 주군?"

초류향은 약간 곤란한 얼굴을 해 보였다.

그가 판단했을 때도 확실히 운휘의 무력은 저 여자에게 미치지 못했던 것이다.

'무슨 방도가 있는 건가?'

잠시 고민했지만 사실 결론은 금세 나왔다.

초류향은 운휘의 판단을 믿었던 것이다.

미미하게 초류향이 고개를 끄덕일 때.

풍혈마군 전윤수가 앞으로 불쑥 나서며 그를 막아섰다.

[이건 아무런 의미가 없는 싸움이다.]

"어째서 그렇습니까?"

[저 아이가 나에게 무공을 배운 것은 맞지만 천마신교의 무공과는 무관하다. 그쪽의 것은 단 하나도 전하지 않았다.]

천마신교의 무공을 전한 것이 아니라고?

"그게 정말입니까? 본 교의 무공을 가르친 것이 아니라는 게."

[교주도 방금 보아서 알지 않는가? 저 아이가 배운 무공은 천마신교의 것이 아니다. 오로지 내가 새롭게 만든 것뿐이지. 게다가…….]

풍혈마군은 잠시 말을 할까 말까 망설이다가 곧 한숨을 내쉬며 입을 열었다.

[이건 네 스승이었던 공손천기와 오래전에 약속했던 일이다. 앞으로 평생 동안, 그 누구에게도 천마신교의 무공은 전수하지 않겠다고 했지. 나는 녀석과 그런 약속을 했고, 죽어서도 그 약속을 어기지 않았다.]

그런 약속?

풍혈마군의 말에서 미묘한 점을 잡아낸 초류향이 입을 열었다.

"혹시 제 스승님과 당신 사이에 그것 말고 다른 약속도 있었습니까?"

[…….]

초류향의 질문에 풍혈마군은 입을 다물었다.

대답을 피한 것이다.

'뭔가가 있긴 있군.'

초류향은 확신했다.

둘 사이에 분명 다른 무언가가 있었다.

그게 뭘까?

'알아봐야 하나?'

스승님이 숨기고 싶어 하던 과거인 거 같아 그냥 묻어 두려 했다.

한데 가만히 들어 보니 단순히 묻어 두어야 하는 그런 약속과는 조금 다른 종류인 것도 같았다.

그때.

운휘가 품에서 단홍소검을 꺼내 들며 말했다.

"혹여 지금 풍혈마군이라는 자가 이 여자에게 교의 무공을 전하지 않았다고 하는 것입니까, 주군?"

영혼의 목소리와 모습이 보이지 않는 운휘였지만, 초류향의 말만으로도 대충 돌아가는 대화 내용을 짐작할 수 있었다.

"그렇대, 멍청아. 이제 어쩔래? 난 천마신교의 교도 따위가 아닌데?"

서문현아가 끼어들며 약 올리자 운휘는 차가운 얼굴로 그녀를 노려보았다.

"눈치가 없구나. 나는 너에게 물어본 것이 아니다."

"히히, 이 누나는 친절한 사람이니까 대신 대답해 준 거야. 이쁜이."

이쁜이?

운휘는 자신을 부르는 서문현아의 호칭에 불쾌한 얼굴을 해 보였다.

그리고 단홍소검을 가볍게 쥐며 입을 열었다.

"그가 정말 무공을 전했든 전하지 않았든, 그것은 사실 관계없습니다. 그녀가 정말 그의 제자라면, 그리고 그 사실을 인정했다면 교주님께 복종해야 합니다. 그것이 율법입니다."

그건 그랬다.

초류향이 고개를 끄덕일 때.

서문현아가 언짢은 얼굴로 입을 열었다.

"억지 좀 부리지 마. 할배가 난 그 잘난 천마신교의 무공을 배운 게 아니라잖아?"

"그가 정말 천마신교에서 배운 단 하나의 몸동작도 너에게 가르치지 않았다고 장담할 수 있나? 너 같으면 그 말을 믿을 수 있겠나?"

"그건……."

확실히 애매했다.

모든 무공은 기초가 없이 생길 수 없다.

전혀 새로운 무공을 만들었다고 하더라도, 그것이 완전히 맨땅에서부터 불쑥 생겨나는 법은 없었던 것이다.

그 사실은 그녀도 알고 있었고, 이곳에 있는 모두가 다 알고 있었다.

서문현아의 얼굴이 점점 분노로 빨갛게 달아올랐다.

자신을 자꾸 천마신교의 교도로 몰고 가는 운휘라는 존재가 마음에 들지 않았던 것이다.

"너, 죽여 버릴 거야."

그녀가 부들부들 떨고 있을 때 운휘가 말했다.

"입으로 떠드는 게 너의 방식이었나?"

"안 그래도 지금 혼내 주려고 했어."

분노에 가득 찬 서문현아가 주먹을 움켜쥐자 주변에 엄청난 기운이 들끓기 시작했다.

第五章

# 폭풍전야

대부분의 사람들은 지금 자신에게 주어진 행복이 얼마나 소중한지를 모를 때가 많다.

그리고 대개 그것을 잃고 나서야 그 행복의 소중함을 깨닫는다.

지금의 막수가 그러했다.

"근데 이름이 정말 막수가 되신 겁니까? 푸하하핫! 이름이 그게 뭡니까? 부끄럽게."

[……시끄러워. 죽는다.]

"우헤헤헤! 죽이십시오. 막수 님 손에 죽기 전에 웃겨서 먼저 죽겠습니다. 으히히히! 아이고, 배야!"

막수는 눈앞에서 박장대소하고 있는 미남을 노려보며 이를 갈았다.

평소에 별 감흥도 없었던 자신의 이름이 얼마나 소중한 것인지 이제야 뼈저리게 깨닫게 되었다.

아무리 그의 이름이 우스워졌다 하더라도 그의 앞에서 이렇게까지 무례한 태도를 보이는 녀석들은 많이 없었기 때문이다.

문제는 이놈이 그 드문 놈들 중 하나라는 사실이었다.

[금각. 네가 그동안 덜 맞았지?]

막수는 천천히 앞발을 들어 올렸다.

그 모습을 보던 금각이 눈을 휘둥그레 뜨며 말했다.

"어라? 지금 그 손으로 절 때리시려구요? 그럼 엄청나게 곤란해지실 텐데요?"

금각이 웃느라 눈가에 맺힌 눈물을 닦아 내며 말하자 막수는 그 작고 복슬복슬한 앞발을 부르르 떨며 말했다.

[언젠가 반드시 죽일 거다, 네놈.]

"푸흐흐, 지금까지 그렇게 말했던 분들이 제법 계시죠."

끝까지 깐죽거리는 것을 잊지 않으며 금각이 히죽 웃어 보였다.

[얄미운 새끼. 그나저나 내가 알아봐 달라는 것은 어떻게 됐냐?]

"그 거북 선인에 관해서 알아봐 달라고 하셨죠?"

[그래.]

"바닷속은 어떻게 보면 직접적으로 제 소관이 아니라 시간이 제법 걸렸습니다."

[그래서 못 알아봤다는 거야?]

"제가 누구입니까?"

[너야 이것저것 훔쳐보고 다니는 도깨비 녀석이지.]

막수가 퉁명스럽게 대답했다.

욕이나 다름없는 말에도 금각은 태연히 고개를 끄덕이며 긍정했다.

그리고 손을 펴서 앞으로 내밀었다.

"요금은 항상 선불입니다, 손님."

[……지독한 새끼.]

막수는 마음에 들지 않는 듯 불편한 얼굴을 해 보였지만 그것도 잠시, 곧 자신의 앞발을 배꼽으로 가져갔다.

그곳에 맺혀 있는 작은 꽃봉오리에 앞발을 슬쩍 비비자 꽃봉오리 끝에 작은 구슬 같은 열매가 생겼다.

그 모습을 흥미롭게 지켜보던 금각이 재미있다는 말투로 입을 열었다.

"신령초의 열매를 그런 식으로 만드는 것은 처음 봅니다. 몸에 직접 신령초를 심은 다음에 스스로의 힘을 쏟아부어서 급속히 성장시킨다라…… 과연 남들이 가지 않는 길을 가는 분이셨군요. 이름부터 비범도 하셔라."

[……닥치고 알아온 것이나 읊어.]

막수는 구슬 같은 열매 하나를 부들부들 떨며 금각에게 넘겼다.

금각은 그것을 냉큼 받아 챙겨 소매에 넣으며 빙긋 웃었다.

무척이나 지친 얼굴을 한 막수를 싱글거리며 지켜보던 금각이 입을 열었다.

"언제나 막수 님의 은총에는 감사드립니다. 그럼 원하시는 정보를 전해 드리겠습니다."

[……말해 봐.]

"막수 님이 우려하셨던 것처럼 무천이라는 거북 선인은 누구의 조작도 없이 '우연' 하게 막수 님과 마주친 겁니다."

[정말이냐? 증거는 있겠지?]

"지금 그 거북 선인님께서 없어진 바람에 바다의 지배자이신 용왕님께서 대단히 곤란해하시고 있거든요."

[왜?]

"알고 보니 그 거북 선인께서 현재 용왕님이 후계자로 점찍어 놓은 대단한 분이셨습니다."

[뭐? 그놈이? 용왕이 된다고?]

막수가 황당하다는 얼굴을 해 보였다.

그렇고 느리고 별 능력도 없어 보이는 놈이 알고 보니 대단한 놈이었다는 말인가?

"예. 뭐 어디까지나 그럴지도 모른다는 이야기지만요. 아무튼 그분과 막수 님이 만난 것은 그들에게도 대단히 불행한 일이었고, 저쪽 하늘에 계신 높으신 분들과는 아무런 연관이 없는 일이었습니다."

[흐음…….]

막수는 사실 내색은 하지 않았지만 거북 선인이라는 존재를 대단히 의심스럽게 여기고 있었다.

갑작스럽게 자신에게 찾아온 것이 이상했기 때문이다.

그놈이 그냥 일반적인 선인이라면 그러려니 하겠는데 확실히 여러 가지로 수상한 놈이어서 따로 뒷조사를 한 것이다.

[알겠다. 정보에 이상은 없겠지?]

“예. 제 정보는 언제나 확실합니다.”

[좋아. 그럼 가 보지.]

막수가 막 뒤돌아서 가려고 할 때.

금각이 지나가는 어투로 입을 열었다.

“아, 그리고 이건 추가적인 정보지만 워낙에 우수 고객님이시니 특별히 공짜로 알려 드리지요.”

[뭐지?]

“앞으로 몸조심하십시오. 제가 바다 쪽을 둘러보다가 우연하게 봤는데 서쪽에서 엄청나게 큰 배가 이쪽의 경계선을 넘어오고 있었습니다.”

막수가 고개를 갸우뚱거렸다.

[큰 배? 서쪽 바다 너머에 있는 인간들이 이쪽으로 오고 있다는 거냐, 지금?]

“예. 예전에도 몇 번 넘어오긴 했지만 지금처럼 큰 배는 본 적이 없어요. 게다가 녀석들은 경계선을 넘는 항해법을 정확하게 알고 있어서 용왕님도 저지를 못 하신 듯합니다.”

금각의 충고에 막수는 자신의 앞발로 턱을 쓰다듬으며 생각에 잠겼다.

예전부터 서쪽과 동쪽의 인간들이 만나면 엄청난 피가 흘렀다.

그렇게 단순히 인간들끼리 치고받고 싸우는 것뿐이라면 금각과 막수도 전혀 신경 쓰지 않는다.

'하지만…….'

서쪽의 인간들이 바다를 건너 넘어올 때는 꼭 요상한 것들을 함께 데려오곤 했다.

인간들이 그 존재들에 대해서 정확히 알고 데려오는지는 모르겠지만, 아무튼 그런 것들은 인간 아닌 막수 같은 존재들에게도 매우 거북스러웠다.

[충고 고맙군. 몸조심하지.]

"별말씀을…… 항상 재미있게 지켜보고 있습니다, 막수 님. 앞으로도 잘 부탁드립니다."

얼굴 가득히 웃음기를 머금으며 금각이 말하자 막수는 잠시나마 고마운 마음이 들었던 것을 와락 구겨서 저 멀리 던져 버리며 몸을 돌렸다.

[정말 언젠가는 죽여 버릴 거야.]

그렇게 작게 중얼거리며 막수는 본래 자신이 있어야 할 곳으로 빠르게 돌아갔다.

*　　*　　*

"오랜만이다, 불곰."

"그렇군. 백여우."

"뭐? 백여우?"

적혈명은 자신을 부르는 낯선 호칭에 순간 당황했다가 곧 피식 웃으며 눈앞의 곰 같은 사내를 바라보았다.

"네 이름이 구휘라고 했나? 그때보다 확실히 입심은 좋아진 모양이네?"

"사람은 발전하는 동물이니까."

"호오, 그래? 무공도 발전했는지 궁금한데?"

"지금 시험해 보겠는가? 북해빙궁의 후계자."

"나야 당장이라도 그러고 싶지만……."

적혈명은 입가에 가느다란 미소를 그리며 구휘를 바라보았다.

그리고 말했다.

"지금 내가 여기서 널 죽여 버리면 우리도 일이 아주 번거로워지거든."

"그건 나 역시 마찬가지다."

둘은 피식 웃으며 마주 보도록 자리에 앉았다.

과거에 서로를 처음 만났을 때가 똑똑히 떠올랐다.

그때 곁에서 말릴 사람이 없었더라면 아마도 둘은 서로를 보자마자 죽자고 싸웠을 것이다.

그만큼 둘은 본능적으로 서로를 자극하는 무언가가 있었다.

하지만 지금은 달랐다.

아무도 말리는 사람이 없었지만 둘은 스스로의 호승심을 억눌렀다.

'그만큼 성장했다는 거겠지.'

그 사실을 깨닫자 적혈명은 자신도 모르게 주먹을 움켜쥐었다.

구휘.

저 근육 덩어리의 시커먼 녀석은 언젠가 한 번쯤은 정말로 싸워 보고 싶은 놈이었다.

저놈만 보면 온몸의 세포들 위로 벌레가 지나다니는 것처럼 근질거렸다.

당장이라도 힘을 뿜어내고 싶어서 안달인 것이다.

그것은 구휘 역시 마찬가지였다.

눈앞에 놓인 차를 마시는 내내 둘은 아무런 말도 하지 않고 서로의 얼굴만 뚫어지게 바라보았다.

그러다 구휘가 가벼운 한숨을 내쉬며 입을 열었다.

"천마신교가 움직인 것은 너무 위험한 변수다."

"……그렇지."

적혈명 역시 마음속에 들끓던 욕망을 내리누르며 힘 빠진 얼굴로 대답했다.

구휘나 적혈명이나 서로에게 이빨을 꺼내 보일 때가 아니라는 것을 잘 알았다.

지금은 두 세력이 반드시 협력해야 하는 시점이었으니까.

구휘는 적혈명을 바라보며 입을 열었다.

"이대로 있으면 우리는 정도맹과 천마신교, 둘 사이에 끼어 버리게 된다."

"덕분에 정도맹 놈들은 아주 신났지."

천마신교가 중원으로 진출하기 위해서는 반드시 남만야수문과 북해빙궁이 점령한 땅을 지나쳐 가야 했다.

물론 돌아서 갈 수 없는 것은 아니지만 그들이 굳이 위험을 감수하고 돌아갈 이유가 전혀 없었다.

뒤에 막강한 적들을 남겨 둔 채 굳이 등을 보여 줄 필요는 없으니까.

"정도맹 놈들은 어제부로 완전히 철수했어. 우리가 먹은 땅을 탈환할 생각이 전혀 없어 보이던데?"

"그것은 우리도 마찬가지다."

곤란했다.

지금처럼 일이 진행되어서 결국 천마신교가 움직이게 된다면 그들은 기껏 정도맹의 방패막이 역할이나 해 주는 꼴이었다.

"개고생해서 남 좋은 일만 시키면 안 되지. 그런 꼴은 죽어도 못 봐."

적혈명이 말하자 구휘가 고개를 끄덕였다.

"동감이다."

"그럼 어떻게 하는 게 최선일까?"

"여러 가지 방법들을 고려해 보았지만…… 역시 결론은 하나다. 그쪽도 마찬가지였을 텐데?"

적혈명은 히죽 웃었다.

"난 천마신교도 마음에 들지 않지만 그렇다고 그놈들과 지금 싸우는 건 바보짓이지."

"미리부터 힘을 뺄 필요는 없겠지."

천마신교의 힘은 정말 엄청났다.

그나마 자연재해급이라 불리는 공손천기가 없다는 사실이 그들에게 큰 위안이었지만, 그가 없어도 천마신교는 여전히 막강했다.

때문에 북해빙궁과 남만야수문.

그들의 생각은 똑같았다.

"그럼…… 길을 열어 줘 볼까나?"

지금은 잠시 길옆으로 비켜서서 거센 소나기를 피하는 것이 상책이다.

소나기가 한차례 지나가고 그 힘이 충분히 빠졌을 때.

그때 다시 자리를 잡아도 무방하니까.

그렇게 북해빙궁과 남만야수문의 은밀한 회동은 서로에게 흡족한 결론을 남기고 끝이 났다.

*　　　*　　　*

초류향은 서문현아를 바라보았다.

초류향의 눈에는 그녀의 힘과 무공이 명확하게 보였다.

'그녀의 힘은 진짜다.'

확실히 그녀는 강했다.

게다가 노진녕에게 사용했던 그 무공.

그것은 천마신교의 무공과는 확연히 달랐다.

풍혈마군의 말처럼 그녀는 천마신교와는 전혀 다른 무공을 배워 온 것이다.

'그렇다고 하더라도 어쩔 텐가.'

싸움을 말리기에는 이미 너무 늦어 버렸다.

둘 모두 싸움의 발단이 된 명분 따위는 이미 안중에도 없었다.

그저 서로가 상대방이 마음에 안 드는 것뿐이다.

강호에서 이런 경우에는 해결 방법이 단 하나밖에 없다.

쿠그그그—!

서문현아의 몸 주변에서 일렁거리는 저 아지랑이.

이미 그녀는 힘을 쓰기로 작정을 했고, 운휘 역시 그것을 맞받아칠 준비를 하고 있었다.

'일단은 지켜본다.'

운휘가 쉽게 당할 것이라는 생각은 하지 않는다.

초류향이 아는 한 운휘는 무공의 천재라는 표현이 어색하지 않은 사람이니까.

'무언가를 본 것인가?'

초류향에게는 서문현아가 보였던 그 한 번의 주먹질을 막을 방법이 여러 가지 있었다.

그것은 그의 경지가 서문현아보다 높았기 때문에 가능한 것이다.

하지만 운휘는 아니었다.

그가 선택할 수 있는 방법은 그다지 많지 않았다.

그리고 그 많지 않은 방법들은 이미 서문현아 역시 모조리 짐작하고 있을 것이다.

그랬기에 서문현아의 얼굴에는 여유로운 미소가 가득했다.

"이 누나는 아까 보여 준 그것을 그대로 사용할게, 이쁜아."

운휘는 담담한 얼굴로 서문현아를 바라보며 충고했다.

"쓸데없는 고집 부리지 말고 가지고 있는 것을 다 보여 봐라."

"아니야. 이 누나는 아까 그걸로 결정했어. 네가 그것을 보고 나를 막을 수 있다고 생각한 것 같은데, 그게 착각이라는 걸 네 몸에 직접 가르쳐 줄게."

서문현아의 몸 주변에 아지랑이처럼 몽클몽클 피어오르던 기운이 서서히 주먹으로 스며들었다.

그녀가 비스듬히 서서 운휘를 바라볼 때.

운휘 역시 약간 몸을 비틀어 그녀와 대각선이 되도록 마주 섰다.

그 자세에서 단홍소검의 검 끝이 바닥과 대각선이 되도록 역으로 집어 들었다.

그것을 지켜보고 있던 초류향의 눈가가 반짝거렸다.

'설마…….'

운휘가 지금 취하고 있는 독특한 기수식은 초류향으로서도 처음 보는 것이었다.

하나 지금 저 자세는 굉장히 묘했다.

언뜻 보기엔 방어에 치중하고 있는 듯 보이면서도 한편으로는 상대방의 공격을 염두에 두지 않고 무방비하게 서 있는 자세였던 것이다.

하지만 초류향은 고개를 끄덕였다.

'이건 잘하면 가능성이 있다.'

초류향이 보았을 때 운휘가 지금 취하고 있는 저 자세가 무엇을 의미하는지 서문현아는 전혀 모르고 있을 것이다.

그리고 그것이 이번 승부를 가를 수 있는 중요한 열쇠가 될 게 분명했다.

둘은 준비가 끝났고, 마침내 서로를 향해 빠르게 부딪쳐 가기 시작했다.

*　　　*　　　*

남궁옥빈은 스스로의 한심함에 절망했다.

'내가 왜 그랬을까.'

지금 그의 행색은 누가 봐도 상거지꼴이었다.

옷은 군데군데 찢겨 있었고, 평소 윤기가 흐르던 얼굴과 머리카락은 푸석푸석 메말라 있었다.

그런 그의 앞에서 묵묵하게 길을 헤쳐 나가고 있는 덩치 좋은 청년.

팽가호.

그 역시 남궁옥빈에게 지지 않을 만한 거지꼴을 하고 있었다.

이것은 몇 년 전의 그때와 똑같은 몰골이 아닌가?

'나는 정말 바보다.'

그때 그렇게나 후회를 했으면서도 팽가호가 어떤 녀석인지를 잠깐 잊고 있었다.

이 녀석의 무지막지한 단순함을 망각하고 있었다니.

남궁옥빈은 자신의 머리를 쥐어뜯으며 절망했다.

처음에 말을 타고 이동할 때까지는 좋았다.

남궁옥빈은 팽가호가 정말 초류향이 있는 곳을 알고 이동하는 줄 알았던 것이다.

하북팽가의 엄청난 정보력에 새삼 감탄까지 하지 않았던가?

도중에 산이 나타나자 녀석이 갑자기 말을 버리면서 짐을 챙겨 들기 직전까지는.

그래도 그때까지만 해도 남궁옥빈은 팽가호를 굳게 믿고 있었다.

말에서 내린 팽가호는 남궁옥빈을 돌아보며 이렇게 말했다.

"우리 형제님, 뭐하고 있어? 이제 그만 말에서 내려야지."

"……?"

"이 산을 넘어가야 해. 빨리 가자."

"……길도 없잖아?"

팽가호는 남궁옥빈의 말에 히죽 웃어 보였다.

단지 그것뿐이었지만 남궁옥빈은 작게 몸서리쳤다.

'길이야 만들면 되지!'

과거에 들었던 녀석의 음성이 귓가에 울려 퍼졌던 것이다.

그렇게 열흘 동안 무식하게 대륙을 가로지르며 천마신교가 있는 십만대산을 향해 서쪽으로만 달렸더니, 이제는 힘들다기보다는 헛웃음이 실실 새어 나왔다.

산과 호수, 바다같이 거대한 강이 나타나도 그들은 멈추지 않았다.

'그 덕분에 이런 거지꼴이 되었지만.'

팽가호와의 강행군은 무공이 급상승한 지금의 그에게도 무척이나 힘들었다.

'어째서?'

곰곰이 생각해 보니 예전에도 정말 딱 이 수준만큼 힘들었다.

무공이 상승했는데도 이렇게 힘든 이유는 알고 보면 간단했다.

그때는 움직임이 느릿느릿했지만 지금은 그때에 비해 이동 속도가 몇 배나 빨라져 있었다.

그러니 힘든 것도 예전에 비해 전혀 줄어들지 않았던 것이다.

그렇게 과거를 추억하며 남궁옥빈이 있는 힘, 없는 힘을 모조리 쥐어짜 내고 있을 때.

갑자기 앞을 가로막고 있던 거추장스러운 잡풀이 사라지면서 넓고 텅 빈 공터가 나타났다.

팽가호는 주변을 두리번거리면서 무언가를 찾았다.

그 모습에 남궁옥빈이 피식 웃으며 말했다.

"산적들을 찾는 거냐?"

"응. 슬슬 만날 때가 되었잖아?"

옷에 붙은 잡풀이며 나뭇잎들을 떼어 내며 남궁옥빈은 실성한 사람처럼 웃었다.

이 녀석도 자신처럼 예전 일들을 떠올리고 있었던 모양이다.

그때.

그런 그들의 눈에 산적 대신 묘한 것이 들어왔다.

"만사무불통지(萬事無不通知, 이 세상에 모르는 것이 없음)?"

작은 모옥이었다.

지붕 언저리에 달린 깃발에 붉은 글씨로 쓰인 여섯 글자.

“저건 점집이잖아?”

“그렇지.”

“……이런 산중에 점집이 있어?”

수상했다.

멀리서 보기만 해도 수상한 냄새가 풀풀 풍기지 않는가?

남궁옥빈이 어이없는 얼굴을 할 때.

팽가호는 망설이지 않고 움직였다.

“어딜 가?”

남궁옥빈이 묻자 팽가호는 턱짓으로 모옥을 가리키며 말했다.

“모르는 게 없다잖아. 한번 물어보자.”

“……내가 보기엔 저거 되게 찜찜한데…….”

남궁옥빈이 말끝을 흐리자 팽가호가 말했다.

“이런 산중에 점집을 차릴 정도로 용한 곳인가 보지. 가 보자.”

팽가호의 단순명쾌한 결단력에 남궁옥빈은 잠시 입을 벌렸다가 다물었다.

그렇게 잠깐 망설이던 남궁옥빈은 결국 고개를 끄덕였다.

설마 별일이야 있겠냐는 심정이었다.

그들은 그렇게 마음먹고 점집의 문을 두들겼다.

그러자 안에서 의외로 젊은 사람의 목소리가 들렸다.

“들어오시죠, 공자님들.”

남궁옥빈과 팽가호는 순간 움찔한 표정으로 서로의 얼굴을 마주 보았다.

'기척이 없었는데?'

착각이었나 싶어서 서로의 얼굴을 본 것인데 표정을 보니 둘 다 같은 생각이었던 모양이다.

그러다 문득 팽가호의 입가에 헤벌쭉한 미소가 걸렸다.

그 표정의 뜻을 읽은 남궁옥빈은 입맛을 다시며 고개를 끄덕였다.

'넌 이 상황이 재미있는 거냐?'

하나 남궁옥빈도 솔직히 지금 이 순간, 그다지 나쁜 기분은 들지 않았다.

무언가가 일어날 것만 같은 느낌.

알 수 없는 긴장감이 꽤나 신선한 자극으로 받아들여졌으니까.

그들이 뜻을 모아 문을 열고 들어서자, 그곳에는 준수한 미남이 의자에 앉아서 그들을 바라보고 있었다.

"너무 오래 기다렸습니다."

"……우리를 기다렸다는 건가?"

"예. 올 줄 알았으니까요."

사내는 알 수 없는 미소를 지으며 그들을 향해 손바닥을 펴서 앞으로 내밀었다.

팽가호와 남궁옥빈이 그것을 보며 의아한 얼굴을 하자 사내가 입을 열었다.

"복채는 선불입니다. 공자님들."

"……그쪽의 무엇을 믿고 우리가 돈을 줘야 하는 건지 모르겠군."
남궁옥빈의 말에 사내가 빙그레 웃었다.
"사람을 찾고 있지 않습니까, 공자님들은?"
"……!"
남궁옥빈과 팽가호의 눈이 크게 뜨였다.
그 모습을 바라보며 사내가 계속 말을 이었다.
"그 사람의 소재를 알고 싶어서 이리 오신 게 아닙니까?"
"어디 있는지 알고 있나?"
사내는 싱글거리며 고개를 끄덕였다.
그 후 다시 한 번 손을 펴서 앞으로 내밀었다.
이번에는 그 손을 무시할 순 없었다.
남궁옥빈이 품에 있는 전낭을 꺼내어 금전을 셈하고 있을 때.
사내가 입을 열었다.
"찾고 계신 사람의 가치만큼 돈을 올려 주시지요, 공자."
"……."
남궁옥빈이 잠시 멈칫한 채 사내를 바라보았다.
이놈은 정말 무언가를 알고 있는 걸까?
알고서 이런 의미심장한 말을 하는 걸까?
그런 복잡한 마음으로 사내를 바라보았으나 사내는 아무런 표정 변화 없이 여전히 싱글거리는 얼굴로 말했다.
"가지고 계신 전낭을 다 올려 주시지요."
평소였다면 날강도 취급을 하며 화를 냈겠지만 남궁옥빈은 신중한 얼굴로 사내를 바라보았다.

아무리 봐도 눈앞에 있는 이 사람은 보통내기가 아니다.

도저히 쉽게 볼 수가 없는 것이다.

“줘 버려. 그거면 싸게 먹히는 거다.”

옆에 있던 팽가호가 거들자 남궁옥빈은 마지못해 고개를 끄덕였다.

툭—

가지고 있던 전낭을 전부 사내에게 건네자 그가 웃으며 그것을 품안에 챙겨 넣은 후 말했다.

“찾고 계신 분은 아주 가까이에 있습니다. 조만간 서로를 만날 운명이지요.”

“…….”

“……설마 그게 다인가?”

팽가호의 얼굴이 심각해지고 남궁옥빈 역시 황당한 얼굴을 해 보일 때.

젊은 사내는 흐릿하게 웃으며 말했다.

“공자님들은 재미있는 사람들이니 제가 특별하게 하나 더 알려 드리지요.”

“그게 뭐지?”

“지금 당장 우측에 보이는 산을 타고 남쪽으로 내려가시면 갈림길 하나가 나올 겁니다. 그곳에서 좌측 길을 따라가다 보면 당신들이 찾고 있던 사람을 만날 겁니다.”

“확실한가?”

"예, 공자님들. 그리고……."

"그리고?"

사내는 슬쩍 웃으며 입을 열었다.

"지금 당장 가셔야 합니다. 서두르지 않으면 놓칠 수 있거든요."

그 말을 들은 팽가호는 자리에서 벌떡 일어섰다.

남궁옥빈은 무언가 미심쩍은 얼굴을 해 보였지만 결국 팽가호의 뒤를 따라 일어났다.

"살펴 가십시오, 공자님들."

"만약…… 우리가 찾는 사람을 만나지 못한다면……."

남궁옥빈이 일어서서 입을 열자 팽가호가 문을 밀고 나가며 퉁명스럽게 뒷말을 이었다.

"다시 와서 다리몽둥이를 부러뜨려 줄 거다. 재수 없는 면상."

"그럴 일은 없을 테지만 그것도 기대가 되는군요."

"흥. 다리가 부러져도 기대가 되는지 보겠다."

팽가호는 서둘러 나가면서도 경고를 잊지 않았고, 의문의 사내는 미소로 응답했다.

그렇게 남궁옥빈과 팽가호가 사라지자 그 뒷모습을 지켜보고 있던 사내가 불쑥 입을 열었다.

"인간은 참으로 재미있다. 그렇지 않으냐, 동생아?"

[저는 금각 형님이 이해가 되지 않습니다. 저들은 가만히 내버려 두면 만나지 못할 운명이었습니다.]

"글쎄…… 나는 그렇게 생각하지 않는다."

[다른 생각이 있습니까?]

금각은 자신의 턱을 쓰다듬으며 재미있다는 웃음을 입가에 그렸다.

"내가 끼어들게 된 것도 저 녀석들의 운명이겠지. 내가 보았을 때 이번에 내가 끼어들지 않았더라도 녀석들은 만났을 것이다. 하늘의 일이라는 게 의외로 빈틈이 없거든."

[……너무 어려운 말인 거 같습니다.]

"아직은 이해하기 어려울 게다. 아무튼 너도 잘 지켜보아라. 요새 인간들 중에는 재미있는 녀석들이 많거든."

[그…… 초류향이라는 아이를 보고 하는 말입니까?]

"그래. 요새 그 아이가 제일 재미있긴 하지. 설마 그 오만방자한 편목 님을 저렇게 곤란하게 만드는 인간이 있을 거라고 누가 상상이나 했겠느냐? 이건 아주 재미있는 일이다. 근 몇백 년 동안 보지 못한 최고의 구경거리지."

[한데 편목 님은 이제 선인의 형태로 돌아가지 못하는 거 아닙니까?]

금각은 웃으며 고개를 끄덕였다.

"그렇지. 이름이 바뀌는 바람에 선인의 모습으로 돌아가기는 어려울 거다. 뭐 본인은 돌아갈 방법이 있다고 착각하고 있는 거 같다만……."

웃고 있는 금각을 가만히 지켜보던 그림자 속의 누군가가 염려가 가득한 어투로 입을 열었다.

[저는 걱정입니다, 형님. 인간들의 일에는 너무 개입하지 않는 게

좋을 것 같습니다. 최근에 서쪽에서 넘어오는 것들도 그러하고…… 뭔가 조짐이 좋지 않습니다.]

금각은 잠시 멈칫했다가 선선히 긍정했다.

맞는 말이었으니까.

하지만…….

"적당히 선을 지키면 괜찮을 거다. 언제나 그 부분이 어려운 것이다만…… 너무 걱정 마라."

금각은 동생의 걱정을 이해했지만 지금의 이 재미있는 유희를 포기하고 싶진 않았다.

지금 사라진 청년들은 조만간 초류향과 만나게 될 것이다.

그때는 어떻게 될까?

인간들은 항상 서로가 편을 나눠서 의미 없이 싸우기에 여념이 없었다.

초류향과 저 녀석들은 서로가 적대적인 관계에 있지 않은가?

'과연 너희들은 만나면 어떻게 반응하겠느냐?'

역시 아무래도 이것은 퍽이나 기대가 되는 일이었다.

* * *

서문현아가 노진녕을 한 방에 반실신 상태로 만들어 버린 주먹.

그것은 아주 강력한 정권이었다.

운휘는 그 정권을 보면서 파악한 것이 있었다.

'온다.'

정권은 보통 무게중심을 앞으로 쏠리게 한 후 그것을 주먹에 담아 뻗어 내는 게 일반적이었다.

아니, 일반적인 게 아니라 모든 정권이라는 것이 다 이런 형태였다.

무게가 실려야 강력한 힘을 낼 수가 있으니까.

'예외는 있지.'

그랬다.

유일한 예외가 바로 수라환경에 있는 패력수라권이다.

그것은 그 어떤 준비 동작도 없이 뻗어 나가니까.

그래서 무서운 것이었다.

'하지만 저것은 패력수라권이 아니다.'

운휘는 거기까지 생각했고, 거기에서부터 해답이 나와 있었다.

그리고 해답을 이미 한 번 본 적이 있었다.

'지금.'

운휘는 눈앞에서 느껴지는 강렬한 기의 파동을 느끼며 거의 동시에 앞으로 움직였다.

덮쳐 오는 강렬한 기운에 온몸을 내던진 것이다.

그 모습을 지켜보던 서문현아의 얼굴에 비웃음이 떠올랐다.

'이놈이 죽으려고 환장했나…….'

자신의 주먹에 조금이라도 스치면 뼈마디가 뒤틀려 떨어져 나갈 것이다.

그녀의 주먹은 평범한 것이 아니니까.

그런데 저 미친놈이 오히려 거리를 줄이려고 달려들지 않는가?

'피떡으로 만들어 주지.'

복면으로 가려져 있던 이쁜 얼굴은 가급적 피해서, 팔다리를 부러뜨려 줄 생각이었다.

그렇게 서문현아가 운휘를 향해 주먹을 뻗어 가던 도중 문득 얼굴을 와락 찡그렸다.

동시에 그녀는 입술을 꽉 깨물고 팔을 급하게 거두려고 했다.

운휘가 노리고 있던 게 무엇인지 그제야 드러났기 때문이다.

'이 새끼, 내 발만 노리고 있어.'

그랬다.

강력한 정권을 뻗어내기 위해서는 바닥을 강하게 내딛는 진각의 힘이 중요했다.

그래야 앞으로 급격하게 쏠리는 무게 중심을 온전하게 주먹에 실을 수 있으니까.

놈은 그 사실을 알아챘기에 검을 뻗어 다리를 자르려고 덮쳐들어왔던 것이다.

몸을 최대한 숙인 채 아래로 바짝 접근한 운휘를 보며 서문현아는 히죽 웃었다.

저놈은 지금 잘못 판단했다.

잘못 판단해도 한참을 잘못 판단했다.

무기를 사용하지 않는 근접전의 고수에게 함부로 가까이 다가가려

했다가는 큰코다칠 뿐이다.

'판단은 좋았지만…….'

근접전의 고수들은 가까이 다가온 상대에게 쏟아낼 수 있는 기술들이 무궁무진했다.

특히 지금처럼 무턱대고 돌진하는 놈은 아주 좋은 먹잇감이었다.

'뒈져라.'

서문현아는 주먹을 거두는 동시에 지척까지 다가온 운휘를 향해 무릎을 올려 쳤다.

운휘의 턱을 노리는 것이다.

그 순간 운휘의 눈가가 차갑게 번뜩였다.

第六章

# 팽가호와 만나다

초류향은 두 사람을 가만히 지켜보고 있다가 눈을 빠르게 깜빡였다.

그러다 자신도 모르게 앞으로 튀어 나갈 듯 몸을 움찔거렸다.

'어?'

운휘가 순간적으로 아주 빠르게 움직였다.

평소에 보여 주던 움직임보다 적어도 두 배는 빠른 움직임.

게다가 서문현아의 무릎 차기를 완전히 피하지 않고 최대한 무릎에 가까이 붙어서 좌측으로 비스듬히 파고든 것이다.

운휘가 이 한순간에 승부를 걸고 기다리고 있었다는 것은 초류향도 이미 잘 알고 있었다.

'내가 했던 거니까.'

초류향과 도군 임제학과의 승부.

지금 상황은 그때와 판박이가 아닌가?

하지만 운휘는 지나치게 결과를 서두르고 있었다.

이건 평소에 침착한 그답지 않은 행동이다.

게다가…….

'위험해.'

초류향은 고민했다.

운휘가 갑작스럽게 빠르게 움직여 접근한 것까지는 아주 좋았다.

문제는 '거리' 였다.

'저 서문현아라는 여자는 권법을 쓴다.'

운휘는 짧지만 단검을 사용하고 있었다.

과거 도군 임제학과 초류향의 싸움 때와는 완전히 형세가 반대인 것이다.

거리가 짧아졌을 때는 당연히 무기를 사용하는 쪽이 불리하다.

저렇게 되면 운휘가 기껏 안으로 파고들어 순간적이나마 우위를 점한 게 무의미하지 않은가?

'무엇을 더 노리고 있나?'

초류향이 초조한 얼굴을 해 보이며 싸움에 끼어들지 말지를 진지하게 고민하고 있을 때.

서문현아 역시 그때서야 운휘의 속셈을 알아챘다.

'멍청이!'

이 녀석, 얼굴은 예쁘게 생겼으면서 하는 짓은 완전 싸움닭 같지 않은가?

가까이 붙어서 단검으로 찌르려고 한 모양인데, 이것은 자신을 대단히 우습게 본 행동이었다.

서문현아는 올려쳤던 무릎을 그대로 끌어당기며 그 부분을 축으로 삼아 몸을 빠르게 옆으로 휘돌렸다.

그러자 반대쪽 주먹이 운휘의 뒤통수를 노리고 떨어져 내렸다.

초류향의 얼굴이 일그러졌다.

'늦었다.'

그가 염려했던 상황이 그대로 그려진 것이다.

저 상황에서는 역시 단검을 들고 있는 운휘가 불리했다.

그때.

땡그렁—

운휘의 손에 들려 있던 단검이 바닥에 떨어졌다.

'무기를 버렸다?'

초류향과 서문현아가 그 행동에 너무 놀라서 눈을 동그랗게 뜰 때.

운휘가 자연스럽게 팔꿈치를 세워 서문현아의 옆구리를 강하게 찍었다.

뻐억—!

"컥!"

서문현아의 입에서 헛바람이 새어 나오며 운휘의 뒤통수를 때리려 하던 주먹에서 힘이 풀렸다.

운휘는 그 상태 그대로 서문현아의 한쪽 팔을 잡고 뒤로 비틀었다.

우드득—

단순하면서도 간단한 동작.

저것은 무슨 대단한 권법도, 복잡한 체술도 아니었다.

아주 기본 중의 기본이었다.

그리고 한쪽 다리를 걷어차는 것으로 끝.

그것만으로도 서문현아는 혼자서 서 있는 것이 불가능한, 완벽한 행동 불능이 되어 버렸다.

"끄으으……."

이것은 초류향에게도 대단히 충격적인 장면으로 다가왔다.

자신이 머릿속에 그렸던 장면과 전혀 다른 결과가 나온 것이다.

'검을 쓰는 자가 검을 버렸다?'

무기를 쓰는 자가 무기를 버리고 공격을 했으니 누구나 당황할 수밖에 없었다.

고정관념을 파괴하는, 그야말로 상대방의 예상을 완벽히 벗어난 파격적인 공격이었던 것이다.

운휘는 깊은 한숨을 내쉬며 바닥에 떨어져 있던 단검을 집어 들었다.

그 모습에 이를 부득부득 갈던 서문현아가 말했다.

"이쁜이 너……."

무기를 버린다는 것은 무인이 할 행동이 아니다.

그 상식적인 말을 막 내뱉으려다가 서문현아는 입을 다물었다.

어찌 되었든 자신은 졌으니까 할 말이 없었다.

이 상황에서는 무슨 말을 하든 모든 것이 그저 비겁한 변명일 뿐이다.

"그럼 처분을 맡기겠습니다, 주군."

"……."

초류향은 자신에게 읍을 한 뒤 공손한 태도로 서 있는 운휘를 잠시 새로운 눈길로 바라보았다.

운휘는 아마 처음부터 여기까지의 모든 그림을 그리고 싸움에 임했을 것이다.

'정말 굉장한 사람이다.'

단순히 무공이 강하고 약하고를 떠나서 상황 자체를 그 누구보다도 빠르고 깊게 파악하는 능력.

이것은 분명 엄청난 재능이었다.

잠시 운휘에 대해서 감탄하고 있던 초류향은 고개를 돌려 서문현아를 바라보았다.

그녀는 분노에 찬 얼굴로 초류향을 응시하고 있었다.

스스로의 패배를 납득할 수가 없었던 것이다.

"분한가?"

"……너 같으면 인정할 수 있겠어? 한 번만 더 싸우면 내가 저 자식 부숴 버릴 수 있어."

서문현아는 입술을 앙다물고 고통을 참고 있었다.

그 두 눈에 가득한 것은 억울함이었다.

물론 다시 한 번 더 싸운다면 그녀가 이길 것이다.

지금 운휘가 써먹은 수법은 일회성이니까 같은 상대에게 또 통하기는 어려웠다.

그래서 뭐?

그게 어쨌다는 말인가?

초류향은 바닥에 엎드려 있는 서문현아를 내려다보며 무미건조하게 말했다.

"다음은 없다. 넌 이미 죽은 거니까."

"……."

"아닌가?"

서문현아는 고개를 숙였다.

맞는 말이었다.

운휘가 방금 전 독하게 마음먹었다면 그녀를 수십 번도 더 죽일 수 있었다.

단 한 번.

그 한 번의 흔들림으로 인해서 그녀는 벌써 수십 번도 넘게 죽을 뻔했던 것이다.

그게 더욱 서문현아를 분하게 만들었다.

"너는 오늘 운휘에게 생명의 빚을 진 것이다."

"……."

생명의 빚.

서문현아는 어금니를 꽉 깨물었다.

자신보다 약한 상대에게 졌다는 현실도 충격적인데 눈앞에 있는 이 놈은 지독하게 그 부분을 헤집어 놓고 있었다.

패배감이 전신에 가득해졌다.

"생명의 빚은 오로지 생명으로만 갚을 수 있겠지. 너는 언제고 그 빚을 갚아야 할 것이다."

초류향은 그 말을 끝으로 몸을 돌렸다.

운휘는 눈을 깜빡거렸다.

초류향이 의외로 그녀에게 아무런 처벌도 내리지 않자 당황했다.

하나 운휘는 곧 초류향의 뒤를 쫓았다.

주군인 그가 그렇게 판단했으면 다 이유가 있다고 여긴 것이다.

그때 초류향이 바닥에 쓰러져 있던 노진녕을 품에 안아 들며 서문현아에게 말했다.

"네가 본 교와 인연이 닿아 있다는 사실을 항상 잊지 말아라. 오늘 너를 이렇게 살려 두는 이유는 차후에 쓰임새가 있다고 여겼기 때문이다."

"……."

"명심해라. 너는 본 교에 생명의 빚이 있음을."

초류향은 그 말을 끝으로 빠르게 그 자리를 벗어났다.

운휘 역시 의아해하며 그 뒤를 쫓았다.

이유는 알 수 없었지만 초류향이 갑자기 서두르고 있다는 느낌을 받은 것이다.

'이유가 무엇일까?'

초류향답지 않게 당혹스러워하는 기색이었다.

운휘가 궁금해할 때.

초류향은 살짝 굳은 얼굴로 뒤쪽을 바라보았다.

'왜 하필 너희들이…….'

운휘와 서문현아는 눈치채지 못했지만 초류향에게는 보였다.

저 먼 곳에서부터 이곳으로 똑바로 다가오는 두 명의 청년이.

호리호리한 체구의 사내와 덩치 좋은 청년.

둘 다 너무도 분명하게 알아보았다.

한 명은 남궁옥빈, 그리고 다른 한 명은…….

'팽가호…….'

시간이 많이 지났지만 이 녀석을 잘못 볼 수는 없었다.

녀석이 왜 갑자기 이런 산중에 나타난 것일까?

팽가호의 얼굴을 확인하는 순간 초류향은 심장 부근이 빠근한 느낌을 받았다.

그 감각을 느끼면서 초류향은 강하게 확신했다.

'지금은 만날 수 없다.'

마음을 나눈 친구.

초류향에게는 유일하다 할 수 있는 녀석이었다.

하나 지금은 정말 어쩔 수 없었다.

현재 자신이 처한 상황을 저 녀석에게 제대로 설명할 자신이 없었던 것이다.

때문에 초류향은 방금 전의 그 상황을 급하게나마 대충 마무리 짓고 일단 자리를 피했다.

'어째서…… 어째서 네가 여기에 있는 거냐.'

지금이라도 달려가서 묻고 싶었다.

팽가호의 가문은 하북성이었다.

이곳과는 완전히 반대 방향이 아닌가.

한데 어찌하여 이런 산간벽지에 저 녀석이 있는 걸까?

전혀 생각지도 못한 인물을 만나게 되자 초류향의 마음이 점차 번잡해져 갔다.

'제발 빨리 떠나가라.'

이곳은 곧 위험해질 것이다.

이제 천마신교가 움직일 시기가 다가왔으니까.

조만간 여기는 전쟁터가 될 게 확실했다.

전쟁이라는 회오리 속에 저 녀석이 휘말려 들지 않기를 초류향은 진심으로 바랐다.

한참을 빠르게 달려가던 초류향은 결국 우뚝 멈춰 섰다.

그리고 얼굴을 와락 찡그리며 심각하게 고민했다.

'가서 말을 해 줘야 한다.'

저 힘만 센 바보 녀석이 왜 여기에 있는지는 알지 못한다.

하지만 지금이라도 가서 녀석에게 이곳을 떠나라고 말해야 하는 것이 아닐까?

'휩쓸리면 반드시 죽는다.'

천마신교는 사나운 폭풍이 되어 강호 전체를 휩쓸어 버릴 것이다.

그리고 이곳은 그 폭풍의 중심부였다.

초류향은 그답지 않게 판단을 제대로 내리지 못한 채 갈팡질팡 고민하고 있었다.

"무슨 고민이 있으십니까, 주군?"

뒤에 있던 운휘가 조심스럽게 묻자 초류향은 고개를 끄덕였다.

그리고 그를 복잡한 시선으로 바라보며 말했다.

"염려가 되는 사람이 있습니다."

"……본 교의 사람이 아닙니까?"

초류향은 고개를 끄덕였다.

역시 눈치가 빠른 사람이었다.

게다가 운휘에게까지 이 사실을 숨기고 싶은 마음은 조금도 없었다.

아니, 오히려 운휘라면 말을 해도 상관이 없다 여겼다.

잠시 생각하던 초류향은 결국 마음을 굳히고 입을 열었다.

"잠시 녀석을 만나 보고 와도 되겠습니까?"

운휘는 말없이 행동으로 대답을 대신했다.

손을 내밀어 노진녕을 건네받으며 한 걸음 물러선 것이다.

그 모습을 바라보던 초류향이 다시금 말했다.

"제 판단에 틀림이 없습니까?"

"모든 일은 주군께서 마음이 내키는 대로 하셔도 됩니다. 주군께서는 저의 주인. 모든 결정에 반대는 없습니다."

초류향은 고개를 저었다.

이것은 원하던 대답이 아니었기 때문이다.

"저는 제 판단이 아니라 운휘 님의 의견을 묻고 있는 것입니다. 제가 지금 그 녀석을 만나러 가도 되겠습니까?"

"……."

운휘는 말을 아꼈다.

하나 곧 그 역시 결심한 듯 입을 열었다.

"만나러 가시는 분이 주군에게 소중한 분이십니까?"

소중하다?

그 기준이 명확하지는 않았지만 지금 운휘의 질문에 초류향은 단 한 치의 망설임도 없이 대답할 수 있었다.

"소중한 사람입니다."

"어떤…… 사람인지 알 수 있겠습니까?"

"그리 길지 않은 인생이었지만, 제 평생에 유일한 친구입니다."

친구.

항상 진지하던 초류향의 입에서 흘러나온 말이어서일까?

그 의미가 가볍게 느껴지지 않았다.

그랬기에 운휘는 잠시 고민하다가 입을 열었다.

"주군께서는 천마신교의 주인이십니다."

"……."

"저를 비롯하여 수백만의 교도들이 주군만을 바라보고 있습니다."

"……."

"그 점을 알고 계신다면 누굴 만나서 어떠한 이야기를 해도 관계없을 것입니다."

초류향은 멋쩍은 얼굴로 고개를 끄덕였다.

운휘가 지금 무엇을 언급하는지 알 수 있었다.

'나는 더 이상 혼자가 아니다.'

수백만의 목숨을 책임지는 사람.

천마신교의 교주인 것이다.

"운휘 님 덕분에 이제야 확신이 드는군요."

초류향은 운휘를 바라보며 희미하게 웃었다.

"아무래도 다녀와 봐야겠습니다. 역시 그편이 후회가 없을 것 같습니다."

"그럼 저는 이곳에서 주군께서 돌아오시기를 기다리고 있겠습니다."

운휘의 말에 초류향은 고개를 끄덕였다.

혼자서 녀석을 보고 싶었는데 운휘가 그 부분까지 배려해 주는 것임을 느꼈기 때문이다.

초류향이 빠르게 멀어지는 것을 지켜보며 운휘는 자리에 앉았다.

그리고 노진녕의 상처를 살펴보며 속으로 생각했다.

'부디 과거에 너무 얽매이지 않으셨으면 좋겠지만…….'

방금 전 초류향의 말에서는 강한 확신이 느껴졌다.

그 격렬한 감정 속에는 지금 만나러 가는 사람에 대한 진한 염려와 걱정이 스며들어 있었다.

이것은 사실 대단히 위험한 일이었다.

천마신교의 사람으로서 보았을 때, 지금 초류향이 보인 행동은 여러 가지로 오해할 만했으니까.

하지만 운휘는 침착했다.

그는 초류향을 믿었던 것이다.

'어차피 주군께서 한 번은 겪으셔야 할 일이었다.'

초류향이 외부에서 들어온 이상 언젠가 한 번은 부딪쳐야 하는 부분이었다.

그저 지금 바라는 게 있다면 그로 인한 반발이 적었으면 하는 것뿐.

쓰러져서 정신을 잃고 있는 노진녕을 치료하며 운휘는 멀어져 간 초류향을 걱정했다.

* * *

"어? 누가 있나 본데?"

"그러게."

팽가호와 남궁옥빈은 서로를 바라보다가 조금 더 이동 속도를 높였다.

멀리서 전해져 오는 사람의 기척이 어딘가 이상했던 것이다.

수풀들을 헤치고 그곳으로 다가가자 웬 여자 하나가 지친 얼굴로 나무에 기대어 늘어져 있는 것이 눈에 들어왔다.

"다쳤습니까?"

남궁옥빈이 묻자 여인이 힘든 얼굴로 고개를 끄덕였다.

서문현아는 초류향 일행이 사라지자마자 억지로 어긋나 버린 팔다리를 끼워 맞췄다.

그렇게 급한 대로 응급처치를 하긴 했지만 내상은 어쩔 도리가 없었다.

그 상황을 팽가호와 남궁옥빈은 단번에 알아보았다.

“무림인이었군. 싸우는 도중에 내상을 입었나 보지?”

팽가호가 말하자 서문현아는 고개를 끄덕였다.

지금은 입을 열어 자세히 설명해 줄 힘도 없었다.

그저 고개만 끄덕이는 것이 전부였다.

잠깐 무언가를 생각하던 남궁옥빈이 살짝 긴장한 얼굴로 입을 열었다.

“혹시 그쪽을 그렇게 만든 게 마교입니까?”

“뭐? 마교?”

팽가호는 남궁옥빈의 질문에 무언가를 깨달은 듯 깜짝 놀란 얼굴로 주변을 빠르게 훑어보았다.

그러나 아무것도 발견할 수 없자 초조한 얼굴로 서문현아를 바라보았다.

“정말 마교가 맞아?”

서문현아는 지친 얼굴로 고개를 끄덕였다.

그러다 조금 의아해졌다.

이 녀석들의 반응이 생각보다 너무 격렬한 것이다.

‘마교가 무서워서 이러는 건가?’

하나 잘 살펴보면 그것과는 조금 다른 반응이었다.

오히려 잔뜩 흥분한 듯한 느낌.

서문현아가 의문을 품을 무렵.

주변을 두리번거리고 있던 팽가호의 귓가에 누군가의 전음이 들렸다.

『오랜만이다. 팽가호.』

"……!"

팽가호는 모든 움직임을 멈추고 제자리에서 석상처럼 굳었다.

남궁옥빈은 미처 거기까지는 신경 쓰지 못한 채 소매에서 내상약을 꺼내 서문현아에게 내밀며 말했다.

"드시겠습니까? 독약 같은 것은 아닙니다. 전 남궁세가의 사람입니다."

남궁옥빈이 소매에 새겨진 벽력 무늬를 보여 주며 말하자 서문현아는 망설이다가 약을 받아먹었다.

그리고 서문현아는 고개를 돌려 그녀의 옆에 서 있지만 남궁옥빈과 팽가호의 눈에는 보이지 않는 풍혈마군을 지그시 바라보았다.

아까부터 풍혈마군이 진지한 얼굴을 한 채 어딘가를 날카롭게 쏘아보고 있었던 것이다.

그때 풍혈마군이 그녀에게 작게 속삭였다.

[그놈이 다시 돌아왔다.]

그놈?

서문현아가 의아한 눈빛을 보내자 풍혈마군이 재차 입을 열었다.

[천마신교의 교주. 그 녀석이 돌아왔다.]

어째서?

서문현아는 눈을 동그랗게 뜨고 주변을 살펴보았다.

하나 그녀의 눈에는 아무것도 보이지 않았다.

그때 멍청하게 서 있던 팽가호가 갑자기 그들을 돌아보며 입을 열었다.

"나 잠깐 저쪽에 좀 다녀올게."

"응? 어디 가게?"

남궁옥빈의 질문에 팽가호는 잠시 머뭇거리다가 서문현아에게 시선을 준 뒤 대답했다.

"볼일 좀 보게. 아무리 그래도 숙녀 앞에서 볼 순 없잖아? 부끄럽게 왜 그런 걸 물어보고 그래?"

"……아, 미안. 내가 괜한 것을 물어보았다."

남궁옥빈이 민망한 얼굴로 사과하자 팽가호는 전혀 개의치 않는 얼굴로 히죽 웃으며 재빨리 몸을 날렸다.

"큰 볼일이니까 시간이 걸려도 이해해라."

"……부끄럽다는 놈이 별걸 다 말하네."

팽가호가 그렇게 사라지자마자 남궁옥빈이 붉어진 얼굴로 서문현아에게 사과했다.

"미안합니다. 워낙에 격의가 없는 친구라서……."

서문현아는 대답하지 않았다.

그저 멀리 사라져 버린 팽가호의 뒤를 눈을 번뜩이며 좇을 뿐이다.

[저 덩치 좋은 녀석이 교주를 따라갔다.]

풍혈마군의 말이 그녀의 정신을 어지럽혔다.

교주와 저 덩치 좋은 녀석은 대체 무슨 사이일까?

지금 서문현아의 머릿속에는 그 의문만이 가득했다.

*　　　*　　　*

팽가호는 재빠르게 몸을 날려 초류향이 있는 곳을 향해 뛰어갔다.

오랜 시간이 흘렀기에 그가 기억하던 초류향의 목소리는 아니었지만 팽가호는 확신했다.

'녀석이다.'

무슨 근거로 그렇게 믿는지는 팽가호 자신도 잘 몰랐다.

하나 지금 이 순간 초류향이 그를 불렀고, 팽가호 역시 개인적으로 녀석을 만나고 싶었기에 그 부름을 사양하지 않았다.

그렇게 얼마나 달렸을까?

저 멀리 작은 옹달샘 앞.

거기에 키가 훌쩍 큰 미남자가 그림처럼 서 있었다.

팽가호가 알고 있던 익숙한 모습이 아니었다.

과거의 그 조그맣고 여리여리하던 작은 아이의 모습은 전혀 찾아볼 수가 없었다.

하지만 그를 보자 팽가호는 확신했다.

오히려 속도를 더욱 높여서 달려갔다.

"초류향!"

팽가호가 소리쳤다.

그러자 녀석이 자신을 똑바로 바라보는 게 느껴졌다.

그리고 팽가호는 당황한 얼굴로 눈을 깜빡이는 녀석에게 달려가서 그대로 거칠게 끌어안았다.

정말 평범한 사람이었다면 뼈가 으스러질 정도로 격하게 안은 것이다.

꽈아악—!

그렇게 격한 포옹을 하며 팽가호가 말했다.

"살아 있어서 다행이다, 이놈아. 내가 얼마나 걱정했는지 너는 모를 거다. 정말 웬수 같은 놈이다, 너는."

초류향은 진심이 가득한 팽가호의 말에 자신도 모르게 피식 웃어 버렸다.

그리고 두 팔로 녀석을 가볍게 마주 안아서 등을 툭툭 쳐 주며 말했다.

"예전보다 몸이 더 두꺼워졌네, 너는. 그때도 그랬지만 지금은 힘이 더 엄청나졌다."

"후후후, 어떠냐? 그때나 지금이나 여전히 대단하지?"

"그래. 대단한 몸뚱이다, 정말."

이 녀석을 다시 만나면 무슨 말을 해야 할까 한참을 고민했다.

너무 오랜만이라서 어떻게 해야 할지 감이 잘 오지 않았는데 막상 만나고 나니 너무도 쉽게 이야기가 입에서 흘러 나왔다.

팽가호 역시 그건 마찬가지였다.

그는 품에 안겨 있던 초류향을 풀어 주며 말했다.

"보고 싶었다, 이놈아."

초류향은 팽가호의 말에서 뜨거운 진심을 느꼈기에 희미하게 웃었다.

이 녀석은 예나 지금이나 변한 것이 없었다.

자신이 이미 마교의 교주가 되었음을 분명 알았을 텐데도, 아무런 거리낌이 없는 것이다.

"어디 다친 곳은 없냐?"

"응. 멀쩡해."

초류향이 대답하자 팽가호는 히죽 웃으며 말했다.

"그나저나 우리 꼬맹이, 안 본 사이에 키가 제법 컸는데?"

"조금 있으면 너도 따라잡을걸?"

"어? 그건 곤란한데?"

둘의 눈높이는 이제 비슷했다.

아직 팽가호가 조금 더 크긴 했지만 초류향 역시 급성장을 했기 때문에 키는 엇비슷한 것이다.

"일단 앉자."

초류향이 옹달샘 옆에 있는 작은 돌무더기를 가리키자 팽가호는 스스럼없이 거기에 앉았다.

그리고 맞은편에 앉은 초류향을 바라보며 입을 열었다.

"소문으론 네가 마교의 교주가 되었다고 들었는데, 사실이겠지?"

이건 만나자마자 본론이었다.

팽가호가 평소 성격대로 직선적인 질문을 던지자 초류향 역시 회피하지 않고 정면으로 대답해 주었다.

"응. 어쩌다 보니 그렇게 됐지."

부정하지 않는 초류향을 보며 팽가호가 잠시 입맛을 다셨다.

“너 처음부터 강호에 흥미가 있었던 거냐? 난 전혀 몰랐는데.”

약간 서운한 표정.

초류향은 그런 팽가호를 보며 고개를 저었다.

“처음부터는 아니었는데 정말 어쩌다 보니 여기까지 오게 됐어. 그 과정을 자세하게 설명하려면 너무 길어진다.”

“괜찮아, 나 시간 많아. 다 들어 줄 수 있다.”

팽가호의 말에 초류향은 피식 웃었다.

“너 큰 거 보러 간다고 하고 온 거잖아? 그 시간 동안 해 줄 수 있는 짧은 이야기가 아니야.”

“괜찮아. 변비라고 하면 돼.”

팽가호가 그 특유의 뻔뻔함으로 당당하게 말하자 초류향은 고개를 저었다.

“그래도 너무 길어. 오늘은 그냥 짧게 말하고, 다음에 만나면 제대로 이야기해 줄게.”

“다음에 우리가 또 만날 수는 있는 거냐?”

“…….”

팽가호의 질문에 초류향은 멈칫했다.

그리고 잠시 동안 대답하지 않고 팽가호를 바라보았다.

장난기가 가득했던 조금 전과는 달리 팽가호는 진지한 얼굴을 하고 있었고, 그 얼굴에 담겨 있는 뜨거운 무언가가 지금은 농담으로 가볍게 넘어갈 수 있는 상황이 아님을 직감하게 만들었다.

‘여전히 솔직한 놈이다.’

과거와 변한 것이 없다는 것은 좋았다.

하나 그 덕분에 힘든 것 역시 사실이었다.

초류향은 바람 빠진 듯한 웃음을 흘리며 잠시 어깨를 주물럭거렸다.

"좀 천천히 가자. 나도 너에게 다 이야기해 주려고 했어."

"정말 그랬던 놈이 왜 연락도 한 번 없었냐? 무려 육 년이다. 육 년 동안 너는 나에게 연락 한 통 없었어."

팽가호의 물음에 초류향은 잠시 하늘을 올려다보았다.

오늘따라 하늘은 구름 한 점 없이 맑았다.

'내 마음은 이렇게 번뇌로 가득 차 있는데…….'

초류향은 속으로 가볍게 투덜거리며 입을 열었다.

진지해져야 했다.

이제부터는 해 줄 이야기에는 그 어떤 꾸밈이나 거짓도 있어서는 안 된다.

그 어느 때보다도 솔직하게 이야기해야 하는 시점인 것이다.

"혹시나 네가 나 때문에 피해를 받을까 봐, 그게 두려웠다."

사실 하려고만 했다면 얼마든지 연락을 할 수 있었다.

단지 둘의 관계가 외부에 알려질 경우, 팽가호가 엄청난 피해를 입을 것이 불을 보듯 뻔했다.

그것은 결단코 초류향이 원하는 모습이 아니었다.

"옥빈이 녀석과 같은 이야기를 하네."

"남궁옥빈?"

"그래, 그 녀석."

약간은 뾰로퉁한 얼굴이 된 팽가호는 뭔가 마음에 들지 않는 듯 툴툴거리며 말했다.

"내가 네 소식을 다른 사람을 통해서 들어야겠냐? 응?"

초류향은 씁쓸하게 웃으며 말했다.

"미안하다. 어쩌다 보니 일이 너무 커져 버렸어. 나도 설마 내가 천마신교의 교주가 될 줄은 몰랐지."

그래.

정말 몰랐던 일이었다.

어떻게 예상이나 할 수 있었겠는가?

초류향의 말을 듣고 있던 팽가호가 혀로 입술을 적신 후 물었다.

"그럼 너와 나는 무슨 사이냐? 적이냐, 아군이냐?"

이건 가장 중요한 질문이었다.

팽가호는 그 특유의 뜨거운 열정이 가득한 시선으로 초류향을 바라보았고, 초류향 역시 그 시선을 피하지 않은 채 입을 열었다.

"너와 나는 적도 아군도 아니야."

"그럼?"

"그냥 친구지, 뭐. 별거 있어?"

"친구……."

가슴 한편이 무거워졌다.

팽가호는 오히려 초류향이 다른 말을 해 주길 바랐는데, 녀석이 가장 우려하던 말을 내뱉자 잠시 동안 침묵을 지켰다.

답답했다.

"왜? 내 말이 틀렸어?"

팽가호는 고개를 저었다.

맞았다.

초류향과 자신은 친구였다.

적과 아군.

이런 단순한 잣대로 나눌 수 있는 그런 사이가 아닌 것이다.

팽가호는 잠시 복잡한 얼굴을 하다가 깊은 한숨을 푸욱 내쉬고는 옆구리에 차고 있는 칼 손잡이를 만지작거렸다.

"그 전에 확인해 봐야 할 게 있어."

"뭘?"

"네가 얼마나 강해졌는지 확인해 봐야지? 우리 마교 교주님."

'우리 마교 교주님' 이라는 장난스러운 호칭에 초류향은 씨익 웃어 보였다.

"보면 아마 깜짝 놀랄 텐데…… 감당할 자신이 있나? 정파의 후예여."

스르릉—

팽가호는 칼을 뽑아 들었다.

거무튀튀한 태도를 꺼내 들며 팽가호는 말했다.

"이 형님의 칼이 너무 무정하다 욕하지 마라, 친구. 난 이제부터 천하의 대악당을 죽인 절세 미남 영웅이 되기 위해 최대한 힘을 쓸 테니까."

초류향은 절세 미남이라는 단어에서 결국 크게 웃음을 터트렸다.

그리고 팔짱을 낀 채로 입을 열었다.

"우리가 항상 말했던 천하의 대악당이 내가 될 줄은 나도 몰랐다. 생각할수록 참 재미있는 세상인 거 같지 않나, 친구?"

"닥치고 내 칼을 받아라, 천하의 대악당."

웅웅—

팽가호의 태도에 청강빛이 번뜩이며 초류향의 옆구리를 거칠게 베어 왔다.

하북팽가의 자랑.

오호단문도(五虎斷門刀)였다.

그것을 바라보며 초류향은 고개를 끄덕였다.

팽가호가 그동안 수련을 게을리 하지 않고 정진했음을 이 한 번의 칼질을 통해서 알아봤던 것이다.

'하지만…….'

팽가호도 이미 알고 있고, 초류향도 이미 알고 있는 사실.

무공으로는 둘 사이에 너무도 엄청난 격차가 존재했다.

그리고 그것을 잘 알고 있었지만 초류향은 최대한 돌려서 이야기해주는 길을 선택했다.

'이제 완전히 예전처럼 돌아갈 수는 없겠지.'

그러기엔 너무도 멀리 와 버렸다.

## 第七章

# 천하 통일의 시작

열을 맞춰 도열한 엄청난 수의 인원들.

그 끝이 보이지 않을 정도로 기나긴 무인들의 행렬 제일 앞.

거기에는 나란히 말에 올라타 있는 우 호법과 주 호법이 있었다.

"크크크, 이게 얼마만의 강호인지 모르겠네."

"쯧, 애들도 아니고 그 나이에 들떠서는…… 채신머리없는 놈."

우 호법은 주 호법의 핀잔에 히죽 웃으며 말했다.

"그러는 너도 나 못지않게 설레지 않느냐?"

설레다…….

잠시 그 단어의 의미를 곱씹던 주 호법은 결국 고개를 끄덕였다.

"뭐…… 나도 기대는 하고 있지."

"크크, 그런 주제에 고상한 척하기는."

"흠흠, 뒤에 애들 보는 눈도 있으니 적당히 하자."

우 호법의 말대로 사실 주 호법도 그 못지않게 설레고 있었다.

전박을 비롯하여 팔대 호법 전부가 이번 강호 정벌에 총동원되었다.

천마신교가 세상에 자랑하는 십대 무력 단체들 중 무려 여덟 개가 동시에 움직인 것이다.

천마신교의 본거지.

십만대산을 수호할 정말 최소한의 병력만을 남겨 두고 나머지 전부가 이번 일에 투입되었으니까.

실로 어마어마한 전력이었다.

"정파 놈들 다 죽었다. 흐흐흐."

우 호법은 정말 신이 났다.

그동안 정파 놈들이 마치 자기들이 세상의 주인인 양 설쳐 대는 꼴이 너무 보기 싫었는데, 이 기회에 진짜가 무엇인지 놈들에게 화끈하게 보여 줄 수 있는 것이다.

그들은 여태껏 참아 왔던 만큼 막강한 힘을 보유하고 있었다.

역대 최강이라 해도 손색이 없을 정도로.

그런 천마신교가 지금 천하를 향해 움직였다는 사실은 정도맹을 비롯한 천하 사패들에게 곧장 전달되었다.

덕분에 천하가 다시금 용광로처럼 뜨겁게 요동치기 시작했다.

*　　*　　*

초류향은 덮쳐 오는 팽가호의 칼에 손을 뻗어 옆으로 비스듬히 흘려 내었다.

지극히 자연스러운 동작.

동시에 초류향이 입을 열었다.

"내가 왜 천마신교의 교주가 되었는지 궁금하다고 했지?"

"그래."

팽가호는 긍정하며 다시금 칼을 날렸다.

오호단문도는 멈추지 않고 공격을 하는 도법이다.

때문에 이번에는 초류향의 상체를 비스듬히 베어 버리는 초식을 사용했다.

초류향은 그것 역시 손가락 끝을 움직여 옆으로 돌려서 비켜 낸 후 말했다.

"무당파의 유설빈이라는 자가 조기천 스승님을 살해했다. 바로 내 눈앞에서."

멈칫.

"유설빈? 무당파의 사자검군?"

"그래. 그자였어."

팽가호는 칼을 허공에 들어 올린 채 어이없는 얼굴을 해 보였다.

"사자검군이 조기천 선생님을 왜? 선생님은 무공도 모르시는데?"

"천마신교의 행사를 도왔다는 것이 그 명분이었지."

"어이없네."

초류향은 우울한 얼굴로 팽가호를 바라보았다.

다시는 생각하기 싫었지만 평생 동안 절대로 잊히지 않을 그 날의 기억들이 새록새록 머릿속에 떠올랐다.

뿌득—

"나 역시 그때 죽을 뻔했다. 천마신교의 도움이 없었다면 아마 그 자리에서 죽었을 거야."

"……."

팽가호의 눈빛이 무거워졌다.

복수나 원한은 강호를 움직이는 가장 근원적인 힘이다.

지금 초류향이 마음속에 담아 두고 있는 복수는 지극히 당연한 것이었고, 팽가호는 초류향을 말리거나 마음을 돌리도록 설득할 자신이 없었다.

"나는 무당파에게 스승님의 핏값을 받아 내야 해. 그래서 공손천기 스승님에게 천하제일의 무공을 배웠다. 덕분에 복수를 이룰 힘을 얻었지."

"……무당파라……."

정도맹에서 가장 영향력이 강한 곳이 무당파였다.

전대 맹주였던 태극검황을 비롯하여 절대의 검객들이 우글우글한 곳이 바로 무당파였던 것이다.

일이 꼬인 것은 아마 거기에서부터일 터였다.

'골치 아프군.'

초류향이 마교의 교주가 되었다는 소식을 들었을 때.

사실 처음에는 만나서 설득할 수 있을 거라는 순진한 생각도 했다.

하지만 시간이 지나면서 그런 생각 따위는 하지 않게 되었다.

이미 너무 많은 길을 걸어와 버린 것이다.

'지금은 단지 그 이유나 알고 싶었을 뿐이지.'

게다가 저렇게나 명확한 이유가 있다면 자신 역시 공감이 되어 버리지 않는가?

'조기천 선생님이라…….'

솔직히 말해 팽가호는 그 무뚝뚝하고 무덤덤한 얼굴의 노학자에 대해서는 잘 알지 못한다.

하지만 다른 것은 몰라도 조기천 선생이 다른 사람에게 피해를 입히거나 해를 끼칠 사람은 절대 아니라는 것쯤은 알았다.

팽가호는 잠시 뒷머리를 벅벅 긁다가 입을 열었다.

"마교…… 아니, 천마신교의 교주 초류향 님."

"네 입에서 나오니까 굉장히 어색한 호칭이네."

초류향이 피식 웃으며 말하자 팽가호도 헤벌쭉 웃은 후 말했다.

"나는 네가 강호에 나온다면 맞서 싸울 수밖에 없어. 나에게도 입장이라는 것이 있으니까."

"알아."

알고 있었다.

팽가호의 집안은 현재 강호무림에서도 명문으로 이름 높은 하북팽가가 아닌가?

개인적인 감정으로 집안의 결정을 거부할 순 없었다.

마음이 무거워졌다.

스르릉—

칼을 칼집에 집어넣으며 팽가호가 말했다.

"그때는 지금처럼 헐렁하게 나를 상대하지 마, 친구. 전장에서 만나면 난 죽을 각오로 너에게 덤빌 거고 너도 나에게 마땅히 그래야 해. 난 너에게 그럴 자격이 있어. 알지?"

"……."

초류향은 씁쓸하게 웃어 보였다.

팽가호는 자신을 죽이기 위해서 정말 기를 쓰고 달려들지도 모른다.

단순히 그 장면을 상상하는 것만으로도 마음이 괴로워졌다.

"알겠지? 여기서 약속해라. 나는 죽게 되더라도 이왕이면 네 손에 죽고 싶거든. 그래야 죽어서도 할 말이 많겠지."

웃으며 하는 말이지만 그 이면에 담겨 있는 어떤 비장함이 전해졌기에 초류향은 곧장 대답하지 못했다.

그저 계속해서 쓴웃음만을 그릴 뿐이다.

그러다 마지못해 솔직하게 입을 열었다.

"나는…… 아무리 생각해도 너를 죽일 수 없을 것 같다. 아무리 결정적인 상황이라도, 설혹 정말로 네가 나를 죽이려고 이를 갈며 달려들어도 그건 불가능하겠지."

"어리광 피우지 마, 초류향!"

"……."

팽가호는 초류향을 똑바로 응시했다.

그리고 이글거리는 눈빛으로 말했다.

“지금 네가 서 있는 세상은 유기학당처럼 평화로운 곳이 아니야. 똑똑히 잘 봐.”

“…….”

“너는 나에게 조기천 선생님의 복수를 하고 싶다고 했다, 분명히. 한번 원한이라는 것을 뼈에 새겼다면 나약한 마음 따위 먹지 마. 사사로운 정에 흔들리는 순간 넌 잡아먹히게 될 거다.”

이건 진심 어린 충고였다.

진정한 친구만이 할 수 있는, 그런 뼈가 담긴 충고.

그리고 그때까지 간신히 평정심을 유지하고 있던 초류향의 얼굴이 차츰 괴로움으로 일그러졌다.

‘이 녀석은 진심이다.’

팽가호는 단 한 줌의 거짓이나 가식도 없이 진심으로 자신을 마주 보고 있었다.

그래서 더 괴로웠다.

“지금 약속해. 결정적인 순간이 오면 망설이지 않겠다고.”

“…….”

팽가호는 대답하지 못하고 침묵을 지키고 있는 초류향에게 성큼 다가섰다.

그리고 자신의 큼지막한 손으로 그의 양어깨를 감싸며 히죽 웃었다.

“뭐, 솔직히 말하자면 지금 내 수준으로는 너에게 다가가기도 전에 죽을 확률이 더 높겠지만. 그래도…… 기회가 온다면 망설이지 마, 친구.”

초류향은 고개를 저었다.

아무리 생각해도 어려웠다.

전장에서 만난다면 차라리 한 방 때려서 기절을 시키거나 제압하는 쪽을 택할 것 같았다.

“……나는 못 한다. 너는 정말 할 수 있겠냐?”

팽가호는 초류향의 질문에 망설임 없이 고개를 끄덕였다.

“그래, 나는 그럴 수 있어. 얼마든지 너를 향해 칼을 휘두를 수 있지. 나는 그게 진정으로 너를 위한 일이라고 생각하거든.”

“나를 위하는 일이라고, 그게? 그건 모순이다, 팽가호.”

“젠장, 똑똑한 놈들은 이래서 안 돼. 가슴이 시키는 일을 이해시키기가 어렵거든.”

팽가호는 시큰거리는 콧등을 한 번 만지작거린 후 입을 열었다.

“나는 너를 한 사람의 위협적인 적으로 인정해. 너도 나를 그렇게 봐라. 물론 수준 차이는 압도적이겠지만 노력이라도 해. 그때는 지금처럼 나를 약자 취급을 하지 말라는 말이다. 초류향.”

초류향은 크게 당황했다.

약자 취급?

자신이 팽가호를 그렇게 취급했던가.

스스로에게 질문하고 초류향은 놀라 버렸다.

"나는……."

팽가호는 당황한 초류향의 가슴팍을 가볍게 툭 치며 말했다.

"지금이야 장난이라고 이야기할 수 있지만 전장에서는 장난 따위 없어. 진심으로 나를 봐라. 그리고 나를 위한다면 망설이지 말고 단번에 승부를 내 주면 된다. 정말로 나를 위한다면 그렇게 해. 쪽팔리지 않게."

"……."

초류향은 입을 다물었다.

그리고 스스로에게 질문해 보았다.

조금 전까지 그는 팽가호를 약자 취급했던가?

완벽하게 '아니다' 라고 자신할 수가 없었다.

'모욕적인 생각이었다, 이것은…….'

팽가호는 한 사람의 당당한 무인이었다.

그에게 이런 대우는 확실히 옳지 않았다.

생각에 잠겨 있는 초류향을 가만히 지켜보던 팽가호가 슬쩍 웃었다.

'여전히 생각이 너무 많아, 너는.'

어릴 때도 생각이 너무 많더니 지금도 변하지 않았다.

몸뚱이만 커졌지 저 녀석이나 자신이나 변한 것은 거의 없었던 것이다.

혼란스러움과 복잡함에 흔들리고 있던 초류향의 동공이 차츰 깊게 가라앉았다.

그리고 마침내 심연처럼 깊은 눈빛이 되었을 때 팽가호는 속으로 웃었다.

'드디어 결론을 내렸나 보네.'

과거와 똑같다, 이 녀석은.

팽가호가 심호흡을 하며 초류향이 무슨 말을 할지 기다리고 있을 때.

초류향이 입을 열었다.

"알겠다. 전장에서 만난다면 진심으로 너를 죽이기 위해 나 역시 최선을 다할게."

"잘 생각했다."

팽가호가 활짝 웃을 때.

초류향이 고개를 절레절레 저으며 입을 열었다.

"대신 조건이 있어."

"젠장, 그럴 줄 알았다. 망할 놈. 어떻게 교주가 되어서도 변한 게 없냐?"

항상 이런 식이었다.

이놈은 어릴 때도 거저 넘어가는 법이 없었다.

꼭 무언가 하나씩 토를 달곤 했던 것이다.

이번에는 또 무슨 조건을 붙이려는 것일까?

"너는 반드시 내 손에 죽어야 한다. 엄한 사람 손에 바보처럼 죽지 마."

"친구야. 나도 진심으로 그러고 싶은데…… 워낙에 마교…… 아니, 천마신교 사람들이 막강하니까. 다가갈 수나 있으려나 모르겠다."

초류향은 흐릿하게 웃었다.

그리고 한 걸음 물러서서 팽가호를 보며 고개를 까딱거렸다.

"지금 네가 자신이 없는 건 무공이 부족해서 생긴 문제니까 형이 속성으로 한 수 가르쳐 주지. 덤벼."

"……오호라. 우리 귀염둥이가 이 형을 가르쳐 주시려고 하는 거구나?"

팽가호가 입술 끝을 푸들거리며 분노한 얼굴을 해 보일 때.

초류향이 희미하게 웃으며 말했다.

"그래. 그러니까 실전이라고 생각하고 덤벼 봐. 나도 이번에는 손을 아끼지 않을 테니까."

"크흐흐흐! 아주 좋은 태도로군. 좋아, 그렇다면 이 형님도 망설이지 않지!"

스르릉—

칼집에서 다시 한 번 팽가호의 태도가 뽑혀 나오는 것을 보며 초류향이 작게 중얼거렸다.

"적어도 어처구니없이 죽는 일은 없게 만들어 주마, 팽가호."

"뒈져 버려! 천하의 대악당!"

팽가호의 몸에서 강력한 기세가 뿜어져 나오고, 칼이 사납게 솟구쳤다.

그것을 정면으로 가만히 보고 있던 초류향의 몸이 일순간 흐릿하게 변했다.

'어?'

그리고…….

퍼퍼퍼퍼퍽—!

가죽 북 두들기는 소리가 한동안 경쾌하게 울려 퍼졌다.

*　　*　　*

"돌아왔습니다."

"가셨던 일은 잘 끝나셨습니까, 주군?"

"예."

초류향은 굉장히 후련한 얼굴이었다.

그 얼굴을 가만히 바라보던 운휘는 고개를 끄덕였다.

역시 말리지 않기로 한 그의 판단이 옳았던 것이다.

운휘는 그때까지도 널브러져 있는 노진녕을 등에 업으며 떠날 준비를 했다.

그때 초류향이 어딘가를 바라보며 입을 열었다.

"공손아리. 그녀를 찾기 전에 해결해야 할 일이 있습니다."

"그게 무엇입니까, 주군?"

초류향은 고개를 돌려 운휘를 바라보았다.

그 눈에는 여유가 가득했고, 지금까지와는 전혀 다른 강인함이 느껴졌다.

'무공이 더 상승했다?'

운휘가 자신도 모르게 크게 놀란 얼굴을 해 보일 때.

초류향이 입을 열었다.

"사자검군을 만나야겠습니다."

"……사자검군이라면…… 무당파의 유설빈을 말씀하시는 겁니까?"

"예. 그자입니다."

무당파와 초류향.

둘 사이에 원한이 깊다는 것은 운휘도 익히 들어 알고 있었다.

공손천기가 몇 번 흘리듯이 말하는 것을 들어 왔으니까.

"본래는 전장에서 만나 그자에게 핏값을 받아 내려 했습니다만……."

초류향은 짙은 아쉬움이 남는 얼굴로 자신의 두 손을 내려다보며 피식 웃었다.

"전장에서 만난다면 그자보다 먼저 수습해야 할 사람이 생겨 버려서요."

정확히 누구를 말하는 것인지는 잘 모르겠지만, 운휘는 초류향이 방금 만나고 온 사람에 대해 말하고 있음을 어렴풋이 짐작했다.

"마을로 가서 사자검군의 소재를 파악해 보겠습니다. 워낙에 유명한 자이니 본 교의 정보원과 연락이 닿는 대로 알아볼 수 있을 겁니다."

"예. 알겠습니다."

초류향은 천천히 움직였다.

천하일통을 위한 첫 행보.

그 시작은 조기천 스승님의 복수가 될 것이다.

# 第八章
# 태극검황

"큰일이외다."

"그렇군. 큰일인데?"

"생각해 둔 대처 방안이 있소이까?"

정도맹의 본거지.

그곳에서 지금 전 정도맹주인 태극검황 백무량과 현 정도맹주인 불제 공야 대사가 마주 보고 있었다.

천마신교가 오고 있는데 그들에게는 뚜렷한 대책이 없었다.

"남만야수문과 북해빙궁이 이렇게 빨리 꼬리를 말 줄은 몰랐는데……."

최소한 한 번.

많게는 두세 번 정도만 그들이 천마신교의 앞길을 막아 주었어도 제법 해볼 만한 싸움이 되었을 것이다.

하지만 그들은 재빨리 모든 것을 정리하고 각자의 영역으로 발을 빼 버렸다.

"이건 정말 곤란한걸."

태극검황 백무량은 턱을 쓰다듬으며 생각에 잠겼다.

이대로라면 정도맹과 천마신교는 정면으로 맞붙게 된다.

문제는 그동안 힘을 온존해 왔던 천마신교와는 달리 정도맹은 남만 야수문과 북해빙궁에 시달리느라 막대한 피해를 입었다는 데에 있었다.

전력상으로 너무 차이가 나 버렸다.

이제 와서는 어떻게 할 수 있는 수준이 아니었다.

"고수가 필요해."

그것도 꽤나 강력한 고수가 필요했다.

최소한 화경 이상의 고수가 필요한 것이다.

"남궁세가에 연락해서 창천검군을 불러야겠어."

"그가 움직이겠소이까?"

"움직여야지? 안 움직이면 모두 함께 쫄딱 망하게 생겼는데."

이것은 애초에 한두 문파의 힘으로 막을 수 있는 수준이 아니었다.

정도맹 전체가 하나 되어 모든 것을 쥐어짜 내도 막기 어려울 정도였으니까.

'아니지. 다 쥐어짜 내면 막아 낼 수는 있겠지.'

태극검황은 생각했다.

지금 가장 큰 문제는 현재 교주직에 올라 있는 초류향이라는 녀석의 실력이었다.

'이게 정말 애매하네.'

그놈의 실력을 정확하게 모르니 이쪽은 최대치로 계산해서 움직일 수밖에 없었다.

'최소한 나와 동급 정도?'

설마하니 그 녀석이 공손천기 수준까지는 도달하지 못했을 것이다.

그래도 만약에.

정말 최악의 경우 놈의 경지가 이미 거기까지 닿아 있다면?

그렇다면 이번 일은 사실상 작전이고 뭐고 처음부터 다 갈아엎어야만 한다.

'그렇진 않을 거야.'

제1차 정마대전 당시 태극검황도 인정했듯이 공손천기의 무공은 인간의 경지가 아니었다.

설령 그 모든 것을 온전히 물려받았다 하더라도 초류향이라는 녀석은 아직 공손천기가 될 수 없었다.

'나중에는 모르겠지만 적어도 지금은…….'

녀석에게는 그렇게 긴 시간이 주어지지 않았다.

무언가를 이루기에는 턱없이 부족한 시간이었으니까.

'그래도 설마…….'

태극검황은 초류향이 자신의 수준과 비슷하다고 예상하긴 했지만 이것도 정말 대단히 많이 봐준 것이었다.

정도맹의 군사 상관중달이 거기까지 염두에 두라고 이야기하지 않았다면 아예 그럴 생각조차 하지 않았을 테니까.

'그 녀석과 내가 서로의 발목을 붙잡아 놓는다고 가정하면…….'

저쪽에는 벽력마군 우규호와 혈음마군 주상산이 있다.

그들의 실력이야 이미 알고 있었다.

과거 그들이 공손천기와 강호에 나와서 보인 엄청난 행보가 기록에 남아 있는 것이다.

그때보다 지금이 더하면 더했지 덜하지는 않을 것이다.

육체는 많이 노쇠해졌겠지만 긴 시간 동안 갈고 닦은 기예(技藝)는 더욱 깊어졌을 터.

'대충 오제 정도 수준이라고 봐야겠지?'

여기서부터는 골머리가 아파졌다.

혈음마군 주상산과 벽력마군 우규호.

이 둘만 해도 벅찬데 문제는 신진 고수도 있지 않은가?

'그…… 뭐라고 했더라? 노진녕?'

뜬금없이 불쑥 강호에 등장해서 단신으로 형산파를 반파시킨 괴물 같은 놈.

알려진 바로는 그놈도 화경의 고수라고 했다.

'최소한 셋.'

교주인 수라마군 초류향을 제외하고도 화경의 고수가 무려 셋이나 있었다.

그나마도 알려진 것만 저 정도였다.

어떤 놈이 더 있을지는 알 수가 없다.

'골치 아프네.'

일단 셋이라고 가정하고 움직인다고 하더라도 너무 빡빡했다.

교주 초류향은 자신이 묶어 둔다고 하더라도 다른 녀석들이 설치고 다닌다면 마땅히 잡아 둘 만한 고수가 없었다.

'그래도 창천검군만 와 준다면…….'

그럭저럭 숫자는 맞았다.

문제는 나머지 전력에서 최소 열 배 이상 차이가 난다는 점이었다.

태극검황이 거기까지 생각하고 우울한 얼굴을 할 때.

불제 신승 공야의 입에서 전혀 엉뚱한 사람의 이름이 튀어나왔다.

"도군을 찾아가 보는 건 어떻소이까?"

"도군 임제학을 말하는 것인가?"

"그렇소이다. 그라면 의외로 쉽게 이쪽으로 끌어들일 수도 있지 않겠소이까."

"흐음……."

도군 임제학은 그 어떤 편에도 서지 않기로 유명했다.

철저한 중립.

그 누구와도 세력을 형성하지 않고 홀로 고독하게 움직이는, 그런 외로운 늑대 같은 사람인 것이다.

하나 지금이라면 그가 개입할 수 있는 여지가 충분히 있었다.

'도군은 과거 수라마군에게 패했지.'

당시 열두 살이었던 수라마군 초류향.

그에게 굴욕적인 패배를 경험하지 않았던가?

그 원한이라면 그를 끌어들일 수 있을지도 모른다.

"좋아. 도군은 내가 만나서 설득해 보지. 내 사제와 함께 바람이나 쐴 겸 다녀오면 되겠구만."

사제인 사자검군 유설빈.

그는 최근 검술 수련에 한층 박차를 가하고 있었다.

이번 기회에 짧게나마 바람이라도 쐬게 해 주면서 기분 전환을 하는 것도 상당한 도움이 될 것이다.

"도군이 합류한다면 그의 제자도 함께 얻을 수 있을 게요."

도군의 제자라면 도협 강세빈을 말했다.

그때까지 가만히 이야기를 듣고 있던 백무량의 눈빛이 번뜩였다.

이 정도라면 상대방을 압도적으로 괴멸시킬 수 있는 전력이 아닌가?

'이쪽에 나를 제외하고도 화경의 고수가 무려 넷이 된다.'

공야 대사, 도군 임제학, 창천검군 남궁윤호, 도협 강세빈.

충분히 천마신교를 부숴 버릴 수 있는 전력이었다.

게다가 공야 대사의 무력은 오제 중 최강이 아닌가?

외부에는 잘 알려지지 않았지만 그는 거의 삼황급의 고수였다.

"하긴 도협이라는 아이도 화경의 고수라고 했지?"

"그렇소이다."

이건 정말 상당한 전력이었다.

도군만 이쪽 편으로 끌어들이고 판을 머릿속으로 그려 봤을 뿐인데도 제법 그럴싸해진 것이다.

태극검황이 기분 좋은 표정을 지었다.

이건 의외로 해볼 만할지도 모른다는 생각이 들었기 때문이다.

* * *

태극검황을 따라 도군이 머물고 있는 칠정산으로 이동하던 사자검군은 뭔가 찜찜한 얼굴을 해 보였다.

칠정산은 정도맹이 있는 곳과 대단히 가까웠다.

도군이 머물고 있는 칠정산의 언저리에 도착할 때까지 마차 안에서 계속 못마땅한 얼굴을 하고 있던 유설빈은 결국 참지 못하고 입을 열었다.

"도군이 저희를 도와주겠습니까, 사형?"

"그건 모르는 일이지."

"헛걸음하는 것일 수도 있습니다. 그들은 검을 쓰는 자를 아주 우습게 여깁니다."

태극검황은 빙긋 웃었다.

그러고 보니 자신도 도협 강세빈에 관한 이야기를 하나 전해 들은 것이 있었다.

"검을 쓰는 놈들은 겉멋만 잔뜩 든 놈들이라고 했었던가? 그 도협이라는 아이가?"

"예. 아주 미친놈이죠. 강호의 예의범절 따윈 개에게나 줘 버린 놈입니다. 그런 말을 아주 공공연히 떠들고 다닌다고요."

"뭐 어떻게 생각하든 상관이 있겠는가? 우리만 떳떳하면 되지."

사자검군 유설빈.

그는 입맛을 다시며 말했다.

"차라리 잘되었습니다. 이번 기회에 그 못된 버릇을 고쳐 주는 것도 나쁘지 않을 듯합니다."

사자검군 유설빈 역시 평소에 도협 강세빈을 아주 싫어했기에 이건 오히려 기회라고 생각했다.

"우리는 싸우려고 가는 게 아니야, 사제. 그들의 도움이 절실히 필요한 건 이쪽이거든."

"쩝. 너무 저자세로 나가도 우습게 보일 겁니다."

"그거야 직접 만나 보고 나서 결정해도 늦지 않겠지."

그들이 그렇게 두런두런 이야기를 나누고 있을 때.

마차가 갑자기 멈춰 섰다.

사자검군이 의아한 얼굴을 할 때.

마차를 몰고 있던 마부가 아주 곤란한 음성으로 입을 열었다.

"저, 도사님들. 죄송하지만 길이 막혔습니다요."

"길이 막혔다?"

유설빈이 의아한 얼굴로 마차 문을 열고 나갈 때.

태극검황은 재미있다는 얼굴을 해 보였다.

그는 이미 속도가 줄어들 때부터 마차가 왜 멈춰 섰는지 알았기 때문이다.

'누군가가 길을 막아 놓았군…….'

마차가 다니는 산중의 널찍한 길을, 커다란 바위와 나무로 완벽하게 막아 놓았다.

누가 봐도 자연적으로 막힌 것이 아니라 일부러 사람이 공을 들여서 무너뜨린 듯이 보이지 않는가?

사자검군도 그 모습을 보고 나서 팔짱을 끼며 생각에 잠겼다.

"아무래도 누군가가 저희들을 기다리는 모양입니다, 사형."

"나도 그렇게 생각하네, 사제."

"기다리면 모습을 나타낼까요?"

"글쎄, 그것까지는 모르겠지만 일단 마차는 버려야겠구만."

태극검황 백무량은 마차에서 내린 후 마부에게 돈을 건네주며 말했다.

"자네는 이만 돌아가 보게. 수고했네."

"예에."

심상치 않은 분위기를 읽은 마부는 낑낑거리며 마차를 돌린 후 서둘러 그곳을 빠져나가기 시작했다.

태극검황은 그 모습을 물끄러미 지켜보다가 입을 열었다.

"이제 방해꾼은 사라진 듯한데 슬슬 나오시지 그러나?"

태극검황이 말을 하며 어딘가를 바라보았다.

그 시선이 닿는 곳을 따라가던 사자검군은 바짝 긴장했다.

'아무도 없는데?'

하나 그의 사형은 태극검황이다.

이런 상황에서 괜히 실없는 소리를 할 사람이 아닌 것이다.

과연 잠시 후.

그들의 정면 앞에서 갑자기 물결치듯 풍경이 출렁거렸다.

동시에 복면을 쓰고 있는 수상쩍은 사내가 그 안에서 불쑥 나타났다.

"우리를 기다리고 있었으니 이유가 있었겠지? 용건이 무엇인가?"

태극검황은 느긋했다.

상대방이 비록 화경의 고수였지만 그의 상대가 아님을 잘 알았기 때문이다.

상대방 역시 그것을 알고 있는 눈치였다.

그렇다면 싸우려고 온 것은 아니라는 뜻.

"그쪽을 기다리고 있는 분이 있다."

"호오? 나를?"

태극검황이 입가에 미소를 그리며 묻자 복면의 사내는 고개를 저었다.

"정확하게는 저자를 기다리고 계시지."

복면 사내가 힐긋 사자검군을 바라보며 말하자 태극검황 백무량은 두 눈을 끔뻑거렸다.

그러다 희미하게 웃으며 말했다.

"솔직하군, 자네는."

"거짓을 말할 이유가 없으니까."

"한데 내가 사제만 혼자 보낼 것 같은가? 누가 봐도 함정일 게 뻔한데 그런 위험한 곳에 사제 혼자 보낼 이유가 없지."

"나의 주군께서도 네가 그렇게 말할 것이라 하셨다."

운휘는 약간 삐딱하게 서서 태극검황을 바라보다 입을 열었다.

"둘 다 나를 따라오겠나?"

"당연히 그래야지. 오랜만에 재미있어 보이는 일인데 사양할 순 없지."

"사형!"

사자검군이 태극검황을 말려 보려 했지만 이미 늦었다.

태극검황은 힐긋 그의 사제를 돌아보며 말했다.

"저 너머에 누가 우리를 기다리고 있는지 궁금하지 않나, 사제? 나는 충분히 궁금해졌다네. 사실 어떤 함정을 파 놓고 기다리고 있는 것인지도 궁금하고."

그가 이렇게 여유를 보이는 이유는 기본적으로 눈앞에 어떤 위험이 닥쳐도 헤쳐 나올 자신이 있기 때문일 것이다.

그랬기에 상대방의 정체가 무엇인지, 그들이 어떤 함정을 파 놓았는지에 대해서는 그다지 깊게 생각해 보지 않았다.

'기대되는데?'

태극검황 백무량.

그는 지금의 이 상황을 갑자기 생긴 일종의 유희라고 생각하고 즐기고 있는 것이다.

사자검군 역시 자신의 실력을 믿었고, 옆에 있는 태극검황의 실력을 믿었다.

하지만 무언가가 묘하게 걸렸다.

'저 복면을 쓴 놈이 분명히 존칭을 사용했다.'

그렇다는 것은 저놈보다 높은 신분의 누군가가 기다리고 있다는 말이다.

단순히 신분이 높은 것이라면 상관없겠지만, 무공도 높다면?

어쩌면 위험해질지도 모른다.

'괜한 생각이다.'

사자검군은 거기까지 생각하고 고개를 저었다.

그리고 한숨을 내쉬며 말했다.

"사형 때문에 제가 이게 무슨 꼴인지 모르겠습니다. 아주 번거로워 죽겠어요."

"그래도 재미있지 않은가? 가만히 동굴에 처박혀서 수련할 때보다는 백배 나을 텐데?"

"그거야 그렇지만……."

사자검군이 반론을 제기하지 않자 태극검황 백무량은 복면인을 바라보며 입을 열었다.

"안내하게. 자네의 윗분이 누군지 보고 싶군."

복면인.

운휘는 차가운 눈빛으로 고개를 끄덕였다.

그리고 그들을 초류향이 있는 곳으로 안내했다.

'여기까지는 주군의 의도대로 되었습니다만…….'

운휘도 사실 사자검군만큼이나 지금의 상황을 무척 좋지 않게 보고 있었다.

사자검군 혼자였다면 반대하지 않았겠지만 하필이면 그는 태극검황과 붙어 있지 않은가?

'태극검황은 만만하게 볼 사람이 아니다.'

그의 주변에는 공손천기와 비슷한 공기가 흘렀다.

초강자들만이 가지는 그런 여유.

그것은 아무나 가질 수 없는 것이 아닌가?

'계획대로 흘러가지 않는다면…….'

어쩌면 이것은 매우 위험해질 수 있었다.

하지만 운휘는 초류향을 막지 못했다.

그는 자신의 계획에 엄청난 자신감을 보였던 것이다.

운휘는 그렇게 복잡한 마음을 안은 채 빠르게 이동하고 있었다.

그리고 산속 깊은 곳에 빈 공터가 나타나자 그들은 멈춰 섰다.

"여긴가?"

"그렇다."

"아무도 없는데? 함정은 어디 있지?"

태극검황이 주변을 두리번거리며 스치듯 중얼거리자 운휘는 자신도 모르게 눈을 번뜩였다.

'그의 눈에도 보이지 않는가?'

이것은 초류향의 기둔술이 그만큼 엄청난 경지에 다다라 있다는 뜻이었다.

그때.

그들의 옆에서 누군가의 음성이 불쑥 들려왔다.

"오랜만이다, 유설빈."

사자검군 유설빈.

그와 태극검황이 고개를 돌려 옆을 바라보자 그곳에는 무덤덤한 얼굴의 청년이 서 있었다.

초류향.

그가 등장한 것이다.

*　　*　　*

"교주님, 지금 그와 마주치는 것은 가급적 피해야 합니다."

초류향의 명령이라면 언제나 묵묵히 수행했던 운휘는 그답지 않게 처음부터 이 계획을 강하게 반대했다.

이유는 간단했다.

삼황 중의 한 명.

태극검황 백무량.

그의 존재 때문이었다.

'나중이라면 몰라도 지금은 무조건 말려야 한다.'

삼황이라는 존재는 강호에서 매우 특별한 의미를 갖는다.

'천하제일.'

그것과 동급인 단어가 바로 삼황이 아니었는가?

물론 공손천기가 검황을 압도적으로 찍어 누르며 천하제일임을 입증했지만 그것은 어디까지나 공손천기였기에 가능한 일이었다.

운휘가 보았을 때 초류향은 아직 준비가 되지 않았다.

"제가 걱정이 되십니까."

"솔직히 말하자면 그렇습니다."

초류향의 재능을 믿지 못하는 것은 아니다.

하나 그에게 주어진 시간이 절대적으로 적었다.

'게다가…….'

이것은 그저 걱정의 문제가 아니다.

위험하다는 게 너무도 명백하지 않은가?

단순히 사자검군에게 복수를 하는 것이 목적이라면 굳이 이런 위험을 감수할 필요가 전혀 없었다.

"사자검군이 혼자 있을 때를 노리는 것이 좋겠습니다."

초류향은 운휘를 물끄러미 바라보았다.

운휘의 표정은 결연했고, 거기에 담겨 있는 진심은 초류향도 충분히 이해했다.

또 지금 상황에서는 그의 말대로 하는 것이 가장 합리적이라는 것도 알고 있었다.

'하지만…….'

초류향은 슬쩍 미소 지었다.

그리고 자신의 머리를 한 번 위로 쓸어 넘기며 말했다.

"저에게 생각이 있습니다. 운휘 님."

운휘는 진지한 태도로 초류향의 이야기를 들었고, 마침내 이번 일을 준비하게 되었다.

*　　　*　　　*

"오랜만이다, 유설빈."

"응?"

태극검황은 갑작스럽게 옆에 등장한 초류향을 보며 눈을 깜빡거렸다.

그리고 믿을 수 없다는 표정을 지었다.

상대방이 모습을 드러낼 때까지 옆에 있다는 사실을 전혀 눈치채지 못했던 것이다.

'뭐지, 이것은?'

태극검황에게 이건 매우 생소한 경험이었다.

천하에 자신의 감각을 속이고 이렇게까지 가까이 접근할 수 있는 사람이 과연 몇이나 존재할까?

잠시 머릿속으로 의문을 가졌던 태극검황은 초류향을 바라보며 미심쩍은 얼굴을 해 보였다.

"너는 흑월야황과 무슨 관계가 있는 아이냐?"

태극검황이 생각하기에 이런 짓이 가능한 사람은 천하에 단 한 명.

흑월야황 냉무기뿐이었다.

직접 만나 본 적이 없어 확신할 순 없지만, 흑월야황의 기둔술이라면 어찌어찌 자신의 감각을 속일 수도 있으리라 여긴 것이다.

초류향이 대답하지 않고 묵묵히 서 있을 때.

사자검군이 처음부터 자신만을 똑바로 바라보고 있는 초류향을 향해 고개를 갸웃거리며 입을 열었다.

"너, 나를 아는 거냐?"

초류향은 웃었다.

이 순간을 얼마나 기다렸던가?

육 년 전.

조기천 스승님이 저놈의 손에 돌아가셨던 그 날부터 지금까지 너무도 간절하게 이 순간을 기다려 왔다.

"물론이지. 나는 단 하루도 너를 잊어 본 적이 없다."

초류향은 시원하게 말을 했다가 잠시 멈칫거리며 뒷머리를 긁적였다.

그 후 조금 전 내뱉은 말을 정정했다.

"물론 기억이 온전할 때를 말하는 거다."

영문을 알 수 없는 말에 사자검군은 고개를 갸우뚱거리며 초류향을 뚫어지게 바라보았다.

갑작스럽게 나타난 수상쩍은 놈이었지만 분명 낯익은 얼굴이긴 했다.

하지만 딱히 선명하게 기억이 나지는 않았다.

'뭐지?'

객관적인 눈으로 봤을 때 이놈은 대단히 잘생긴 얼굴이다.

보통이라면 얼굴만 마주해도 호감이 절로 생길 만큼 준수한 용모다.

하나 사자검군 유설빈은 놈의 얼굴을 요모조모 뜯어보면 뜯어볼수록 알 수 없는 꺼림칙한 기분이 들었다.

불편함에 그의 얼굴이 서서히 굳어 갈 때쯤.

초류향이 입을 열었다.

“월인도법을 기억하나?”

“월인도법……?”

그걸 왜 갑자기?

그러던 어느 순간.

사자검군은 벼락이라도 맞은 듯 움찔거리며 자신도 모르게 검 손잡이를 잡아 갔다.

“네놈이 그때 그 꼬맹이?”

“바로 맞췄다. 유설빈.”

초류향은 입가에 미소를 그렸다.

드디어 놈이 자신의 정체가 무엇인지 떠올린 모양이다.

오랜 기다림의 끝이 바로 코앞까지 다가온 것이 느껴졌다.

“그러고 보니 기억난다.”

사자검군은 검 손잡이를 만지며 코끝을 찡그렸다.

“그 영감을 죽이고 네놈을 죽이려 했는데 실패했지. 그때 네놈이 공손천기의 후계자라는 것을 알았다면 무리를 해서라도 죽여 없앴을 텐데…….”

초류향은 사자검군의 아쉽다는 말에 서늘한 눈빛을 해 보였다.

"아쉬운가?"

사자검군 유설빈.

그는 입가에 잔인한 미소를 그리며 고개를 저었다.

"뭐, 상관없다. 지금 여기서 죽여 버리면 그만이니까. 단지 일이 조금 번거로워졌을 뿐이지."

저놈이 수라마군이랍시고 천하에 그 이름을 떨치고 다닌다는 이야기를 들었을 때도 사자검군 유설빈은 그저 코웃음만 쳤었다.

'그때의 눈물 콧물 질질 짜던 꼬맹이가 많이 크긴 했구만.'

단지 그뿐이다.

유설빈의 기억 속에서 초류향은 아직도 코흘리개 꼬마인 것이다.

그리고 그것은 치명적인 착각이었다.

초류향이 한 발자국 걸어서 사자검군에게 다가가려 할 때.

그의 앞을 막는 그림자가 있었다.

"교주는 내가 보이지도 않는가? 이거 몹시 서운하구만."

태극검황이었다.

그는 유설빈의 앞을 막아서며 희미하게 웃어 보였다.

"내 사제에게 빚을 받으러 온 건가, 교주?"

초류향은 태극검황을 힐긋 바라보고 고개를 끄덕였다.

확실히 태극검황은 대단한 사람이었다.

'팔십구.'

잠재력의 수치가 진정 어마어마했다.

하나 무서운 것은 단순히 잠재력뿐만이 아니었다.

태극검황의 전신에서는 너무도 위험한 기운이 희미하게 흘러나오고 있었다.

태극검황 백무량은 자신이 가지고 있는 잠재력을 극한까지 끌어 올린 사람인 것이다.

초류향이 말없이 그를 응시하고 있을 때.

태극검황이 턱을 쓰다듬으며 말했다.

"교주와 내 사제가 얽힌 옛이야기는 예전부터 흥미롭게 듣고 있었지. 교주는 내 사제에게 충분히 원한을 가질 만해."

"……."

초류향은 눈을 가늘게 뜨며 긴장했다.

태극검황은 조금 전과 변함이 없이 웃고 있었지만 그의 전신에서 흘러나오는 위험한 기운이 한층 더 짙어졌기 때문이다.

"하나 교주는 알고 있는가? 나 역시 그대에게 빚이 있음을."

빚?

초류향이 머릿속으로 의문을 품는 그 순간.

태극검황의 입가에 잔혹한 미소가 떠올랐다.

"스승의 빚은 제자가 갚을 의무가 있지. 내가 그대의 스승에게 받은 굴욕은 그대가 감당해야 할 게야."

"……!"

초류향의 동공이 크게 확장되었다.

태극검황의 말이 끝나자마자 눈에 보이지는 않지만 어마어마한 기운이 그의 정면을 덮쳐 왔던 것이다.

'늦었다.'

그 어떤 예고도 없는 갑작스럽고도 일방적인 공격.

하지만 늦었다고 생각한 것과는 다르게 초류향의 몸은 상대방의 공격에 차분하게 반응하고 있었다.

주먹을 허공에 짧게 끊어 쳤던 것이다.

'패력수라권.'

천하에서 가장 강한 주먹질.

그것과 정면에서 오는 기운이 빠르게 부딪쳤다.

콰아아앙—!

엄청난 폭음.

초류향과 태극검황.

둘 사이의 빈 공간이 일그러지며 바닥이 사방으로 갈라졌다.

콰드드득—!

단번에 황폐화가 된 주변을 둘러보던 태극검황의 입가에 걸린 미소가 한층 짙어졌다.

"과연 공손천기. 정말 대단한 후계자를 얻었군."

"……."

초류향은 서 있던 자세 그대로 바닥에 깊은 고랑을 만들며 뒤로 삼장(약 구 미터) 가까이 밀려났다.

누가 봐도 초류향이 압도적으로 밀린 것이다.

엄청난 힘의 차이.

하나 태극검황은 속으로 은근히 감탄했다.

'놈은 충격을 완전히 해소했다.'

기습에 가까운 일격이었다.

그것을 저놈은 믿을 수 없을 만큼 빠르게 대응한 것이다.

'게다가…….'

저놈이 저렇게 뒤로 힘없이 밀려난 것은 결코 버티지 못해서가 아니었다.

몸 안으로 충격이 흡수되는 것을 막기 위해서 일부러 저항하지 않고 뒤로 밀려간 것이다.

'죽여야겠군.'

처음부터 그럴 생각이긴 했지만, 지금은 더더욱 진심으로 저놈을 죽여야겠다는 생각이 들었다.

태극검황이 마음속으로 크게 살기를 일으킬 때.

뒤로 밀려 나간 상태로 서 있던 초류향이 주먹을 가볍게 털어 내며 입을 열었다.

"빚은 이걸로 갚은 건가? 검황?"

과거 반야평 전투.

그곳에서 공손천기의 패력수라권에 맞아서 실신했던 태극검황이었다.

단 한 방.

그것을 막지 못해서 그 많은 사람들 앞에서 엄청난 굴욕을 당했다.

태극검황은 그때의 일을 머릿속에 떠올리며 고개를 끄덕였다.

"원금은 그것으로 갚았지만 이자는 아직 남아 있네. 교주."

쿵—

태극검황 백무량.

그가 한 걸음 앞으로 강하게 내딛자 땅바닥이 사방으로 쩍쩍 갈라져 나갔다.

그리고 그의 전신에 새하얗게 불타는 기운이 가득해졌다.

쿠그그극—

공기가 괴로운 비명을 질러 대며 백무량을 중심으로 어마어마한 기운이 폭풍처럼 휘몰아쳤다.

"시간이 이만큼이나 흘렀는데 원금만 갚으면 도둑놈이겠지. 안 그런가?"

"……."

초류향은 입가에 고여 있던 피가 섞인 침을 옆으로 뱉어 낸 후 피식 웃었다.

"아무리 봐도 이자가 원금보다 커 보이는데 내 착각인가?"

"크크크, 착각일세, 교주."

백무량은 기분 좋게 웃어 보였다.

과거 공손천기에게 수치스러운 패배를 당한 뒤, 겉으로 한 번도 내색하지는 않았지만 그는 자존심에 엄청난 상처를 입었다.

그때 이후로 많은 시간이 흐르는 동안 공손천기에게 대항할 만한 무공을 만들어 냈다.

'그런데…….'

그것을 공손천기 본인도 아니고 그의 어린 제자가 받아 내었다.

어찌 기분이 좋지 않겠는가?

지금의 백무량에게 초류향이라는 존재는 하늘이 공손천기를 대신하여 보낸 선물과도 같은 것이다.

그가 흥분한 얼굴로 기운을 끌어올릴 때.

초류향이 고개를 옆으로 돌리며 입을 열었다.

"아무래도 그쪽은 착각을 하고 있는 것 같은데……."

"착각?"

"내가 볼일이 있는 것은 그쪽이 아니라 저쪽이다."

초류향이 시선을 유설빈에게 주자 백무량은 고개를 저으며 입을 열었다.

"내가 먼저일세, 교주."

"순서는 그쪽이 정하는 게 아니야. 그건 내가 정해."

백무량은 껄껄 웃었다.

당금 천하에 자신 앞에서 저렇게 당당하고 무례할 수 있는 놈이 과연 몇 명이나 될까?

그래도 저것은 철부지의 어리광일 뿐이다.

"지금 상황에서 그럴 수 있을 것 같은가?"

초류향은 고개를 끄덕였다.

"물론."

"푸헐! 그렇게 자신이 있다면 나를 한번 넘어가 보시게나, 교주."

백무량이 양손을 옆으로 한껏 벌리며 말하자 초류향은 뒤에 서 있는 유설빈을 바라보고 검지를 들어 올렸다.

유설빈의 눈가에 의구심이 떠오를 때.

초류향이 장난스러운 미소를 지으며 입을 열었다.

"나는 허튼소리를 하지 않아. 순서는 내가 정하는 거라고 분명히 말했다, 검황."

백무량은 지나칠 정도로 당당한 초류향의 모습에 살짝 찜찜한 얼굴을 해 보였다.

그리고 슬그머니 유설빈에게로 다가가 그의 정면을 완벽하게 막아섰다.

아무래도 자신보다는 상대적으로 만만한 유설빈에게 무슨 수작질을 부릴지도 모른다고 판단한 것이다.

'할 수 있으면 어디 한번 해 봐라.'

이건 대단히 재미있는 승부였다.

백무량은 유설빈만 지키면 되는 것이라고 단순하게 생각했다.

그의 그런 모습을 가만히 지켜보던 초류향이 눈을 번뜩이며 소리쳤다.

"지금이다. 운휘!"

"……음?"

백무량이 눈을 동그랗게 뜨며 고개를 옆으로 돌릴 때.

어느샌가 저 먼 곳에 떨어져 있던 운휘가 바닥에 있던 돌멩이 하나를 주먹으로 깨부쉈다.

콰직—

백무량이 얼굴을 찡그렸다.

저 복면을 쓴 수상한 놈은 언제 저기까지 슬금슬금 기어간 것일까?

그리고 저놈이 부순 돌멩이는 또 뭐고?

그런 의문들을 떠올리려는데 초류향이 빙긋 웃으며 소매에서 무언가를 꺼내어 바닥에 박아 넣었다.

"그럼 순서를 정해 보자, 검황."

그 말을 마지막으로 초류향과 검황, 그리고 유설빈.

이렇게 세 명의 모습이 그 자리에서 연기처럼 사라졌다.

# 第九章
# 복수

작전은 간단했다.

너무 간단해서 오히려 걱정스러울 정도였으니까.

'그래도 믿어야 한다.'

운휘는 진법의 바깥에서 숨죽인 채 상황을 지켜보고 있었다.

주변은 쥐 죽은 듯이 고요했다.

진법 안으로 모습을 감춘 초류향과 태극검황, 그리고 사자검군 유설빈.

그들이 사라진 공간은 한참이 지나도록 아무런 변화가 없었다.

그게 운휘를 초조하게 만들었다.

뿌득—

운휘는 손에 쥐고 있던 나뭇조각이 으스러져 가루로 변했지만 그것을 느끼지 못할 정도로 집중하고 있었다.

초류향을 믿는다, 단순하게 그의 결정을 따른다. 그렇게 불안한 마음을 포장해 보았지만 아무래도 잘 되지 않았다.

'너무 이기적이셨습니다. 주군.'

이번 결정을 사실 운휘는 끝까지 납득하지 못했다.

그래도 초류향의 계획을 받아들인 이유는 그가 너무도 강한 확신에 가득 차 있어서 더 이상 반대해 봐야 소용없음을 깨달았기 때문이다.

'분명 진법은 내가 잘 모르는 영역.'

초류향이 단순히 무공으로만 이 상황을 돌파하려 했다면 운휘는 끈질기게 반대했을 것이다.

그것이 초류향을 위하는 길이었으니까.

하나 무공이 아니라 진법이었기에 운휘도 결국 초류향의 결정을 따를 수밖에 없었다.

'반드시 무사하셔야 합니다.'

자신이 지금 상황에서 초류향에게 아무런 도움을 줄 수가 없다는 사실이 너무도 괴로운 운휘였다.

* * *

어떤 상황에서건, 어떤 장소에서건 진법을 만드는 것은 초류향에게 매우 쉬운 일이다.

'이 세상은 숫자로 이루어져 있다.'

진리는 바로 이것이다.

그것을 깨우친 초류향이 만드는 진법은 세상에 흔하게 알려져 있는 진법과 비교하면 족히 열 배 이상 그 위력이 증폭되었다.

'이곳에서 승부를 본다.'

초류향도 단순히 무력만으로 보았을 때.

스스로가 태극검황 백무량을 넘어선다고는 생각하지 않았다.

'그건 지나치게 오만한 생각이겠지.'

그렇다고 딱히 두렵지는 않은, 조금 모순적인 기분이었지만.

아무튼 초류향은 지금 당장은 무력보다는 자신의 다른 재주로 태극검황의 발을 묶어 둘 생각이었다.

그래서 치밀하게 계산을 한 후 이 장소를 선택했다.

태극검황 백무량.

그의 발을 완벽하게 묶어 둘 장소로 이곳보다 더 효과적인 곳은 없다고 여겼다.

*　　*　　*

온통 붉어진 세상.

조금 전과 같은 장소였지만 딱 한 가지 달라진 점이 있었다.

이 세상 모든 게 마치 핏빛처럼 붉게 물들어 있다는 것.

"이건 진법입니다, 사형."

"알고 있다네, 사제."

태극검황 백무량.

그는 눈을 가늘게 뜨고 주변을 둘러보았다.

수라마군이 단순히 무공뿐만이 아니라 진법에도 재주가 있다는 사실은 천하가 다 알고 있었다.

'실수했구만.'

태극검황은 선선히 인정했다.

놈을 보았을 때 시간을 끌지 말고 바로 끝장을 냈어야 했다.

놈을 단순히 무인이라 판단하고 그것에 따른 움직임만 계산하고 있다가 이게 무슨 낭패란 말인가?

'뭐, 별수 없지.'

사실 태극검황은 자신의 실수를 인정하면서도 한편으로는 무척 기대를 하고 있었다.

진법이라는 것은 예전에도 몇 번 경험한 적이 있었다.

하지만 그가 경험해 보았던 진법들은 모두가 하나같이 잔재주에 불과했다.

'과연 너는 그들과 다를 것이냐?'

최근에 무공보다는 진법같이 특출 난 재주를 지닌 녀석들이 강호에서 활발히 활동을 하고 있다고 들었다.

덕분에 그런 잔재주에 혹해서 거기에 연연하는 사람들도 늘어 가고 있었는데 태극검황은 이런 현상을 대단히 바보스럽다고 생각했다.

'뭐든 하나를 깊게 파는 것이 좋다.'

제갈세가의 제갈무휘라는 아이도 그러했고, 황실의 주호유라는 자는 단신으로도 정도맹을 아주 곤란하게 만들 정도로 그 재주가 뛰어나다고 했다.

하지만 그것도 모두, 그들이 죽자고 그 분야에만 매진했기 때문에 가능했던 일이다.

무공 역시 마찬가지다.

깊이 있게 판다면, 진법보다 못할 이유가 전혀 없었다.

'그럼 한번 시험해 볼까?'

턱을 한 번 쓰다듬은 태극검황은 주변을 두리번거리다가 가볍게 좌측으로 손짓을 해 보였다.

콰드드득—!

엄청난 소리와 함께 좌측에 있던 집채만 한 크기의 바위가 가루가 되어서 사라졌다.

장풍도 아니었고, 그렇다고 잔뜩 기운을 모았다가 뿜어낸 것도 아니었다.

뒤에서 지켜보고 있던 사자검군 유설빈이 눈을 크게 뜨며 놀란 얼굴을 해 보였다.

"바, 방금 그건 무엇입니까, 사형?"

"음? 글쎄, 나도 정확하게는 모르겠구먼."

본인이 사용해 놓고 정확하게 그게 무엇인지 모른다?

뭔가 아리송하고 이해할 수 없는 대답이었지만 사자검군 유설빈은 고개를 끄덕였다.

위로 올라갈수록 말로는 설명할 수 없는 깨달음이 있는 법이니까.

'사형은 이미 극의를 이루셨구나!'

유설빈은 속으로 감탄을 터트렸다.

검이라는 것은 본래 쉽게 적을 격살하기 위해 존재하는 것이다.

한데 역설적이게도 지금의 태극검황처럼 검을 손에서 내려놓았을 때.

그때야 진정한 검을 얻을 수 있었다.

'공손천기와의 승부가 사형에게는 분명히 약이 되었다.'

유설빈은 백무량을 한없이 존경스러운 눈빛으로 바라보았다.

손에서 검을 놓자 한없이 자유로워진 백무량이다.

지금의 그를 막을 수 있는 것은 죽었다고 알려진 공손천기 정도일 터.

"이 정도로는 부서지지 않는구만. 제법이야."

"그러고 보니 과거에 저놈 스승도 진법을 사용했습니다, 사형."

과거를 떠올리며 유설빈은 낮게 치를 떨었다.

그때 그 노인이 펼친 진법 덕분에 사숙들이 혈음마군 주상산에게 죽임을 당하지 않았던가?

"진법이란 본디 감각을 현혹시켜 그것을 믿게 만드는 잡술. 진짜 힘 앞에서는 모든 것이 무용지물에 불과하지."

감각을 속인 것이라면 힘으로 주변 모든 것을 부숴 버리면 그만이었다.

그가 막 손끝에 힘을 모아 앞으로 쏘아 버리려 할 때.

그의 앞에 초류향이 유령처럼 등장했다.

"순서는 내가 정한다고 했지?"

검황 백무량은 대답 대신 손끝에 잔뜩 모았던 힘을 그대로 초류향을 향해 쏘아 냈다.

그 기운은 아무런 소리도 소음도 없이 그대로 초류향의 가슴을 관통했다.

하나 백무량은 얼굴을 찌푸렸다.

"잔재주를……."

손끝에 걸리는 감각이 마치 빈 허공을 때린 듯 허망했다.

동시에 백무량의 얼굴 위로 흥미진진함이 떠올랐다.

그가 옆으로 시선을 돌리자 그곳에서 또 다른 초류향이 불쑥 등장했다.

"내 첫 번째 스승님은 무공을 전혀 모르시는 평범한 학자셨다. 무림과는 관계가 전혀 없으셨지. 한데 그는 단지 천마신교를 도왔다는 이유 하나만으로 어린 제자 앞에서 피를 토하며 죽어야만 했다."

두 명의 초류향.

사자검군이 눈을 부릅뜰 때.

검황 백무량은 양손을 들어 올리고 입을 열었다.

"하찮은 사술로 나를 농락하려 하는구나, 교주. 이것은 나를 대단히 우습게 본 것이다."

"내가 그쪽을 우습게 보았다 여기나?"

"그렇지. 네 스승 공손천기 역시 그랬다. 하나 그는 그대와는 다르게 그럴 자격이 있었지. 이런 잡술이 아니라 진짜 힘이 있었으니."

초류향은 서늘하게 웃어 보였다.

태극검황은 진법이라는 것을 너무 우습게 보고 있었다.

평생 무공만을 연마하고 오로지 그것만으로 극의를 이룬 사람답게 진법을 폄하하고 있는 것이다.

"부술 수 있겠나? 이 진법을."

"교주는 역시 아직 어려서 경험이 부족하구만. 내 오늘 큰 교훈을 내려 주지."

태극검황은 두 손을 내리고 초류향을 바라보았다.

'저 둘 모두 허상.'

인정하긴 해야 했다.

자신의 감각마저 속일 수 있을 정도이니 교주가 펼친 진법은 정말 일류의 솜씨였다.

하지만 단지 그것뿐이다.

허상으로는 진짜를 해칠 수 없는 법.

'어떤 진법이든 부술 수 있는 가장 간단한 방법.'

이 세상의 모든 진법은 튼튼한 바닥이 있어야 존재한다.

그러니 진법을 부수기 위해서는 반대로 그 근본인 땅바닥을 부숴 버리면 그뿐이다.

태극검황은 발끝에 기운을 모으고 그것으로 대지를 강하게 내디뎠다.

쿠우우웅—!

묵직한 진각이 진법에 꽂히며 엄청난 진동이 사방을 뒤흔들었다.

쩌어어억—!

바닥의 땅거죽이 크게 일어나고 백무량이 발을 디뎠던 부분이 마치 거인이 주먹질이라도 한 듯 움푹 파였다.

정면에 있던 초류향의 신형이 불안한 듯 크게 일렁거렸다.

마치 진법이 당장이라도 깨질 듯 천지사방이 요동친 것이다.

"이것은 내가 그대에게 주는 경고일세, 교주."

"……."

"내가 정말 이번에 모든 힘을 다한 것 같은가? 지금이라도 나에게 등을 보이며 도망치게. 아마도 지금의 그대라면 도망칠 정도의 시간은 벌 수 있겠군."

검황 백무량이 여유롭게 말하자 초류향은 담담한 얼굴로 그를 바라보았다.

그러다 슬쩍 웃었다.

"진법을 우습게 보는 이유가 고작해야 이거였나? 부술 수 있을 것 같아서?"

"이거 아직도 정신을 차리지 못했구먼. 굳이 현실을 봐야 믿겠다면 보여 줌세."

백무량이 낮게 혀를 차며 전신의 기운을 끌어모았다.

이번에는 진짜였다.

검황 백무량이 엄청난 집중력을 발휘해 전신의 기운을 발끝에 몽땅 몰아 땅을 밟으려 한 것이다.

그리고 이것이 초류향이 그때까지 숨죽이며 기다리고 있던 절호의 순간이었다.

'어?'

백무량은 정면을 바라보고 있던 고개를 뒤쪽으로 홱 돌렸다.

심장이 덜컥 내려앉은 표정.

백무량은 자신을 바라보고 있는 사자검군과 눈이 마주쳤다.

"무슨……?"

사자검군이 영문을 모르겠다는 얼굴을 할 때.

백무량은 발끝에 모았던 기운을 재빨리 주변으로 뿌려 대며 바로 뒤에 서 있던 사자검군의 소매를 잡아채려 했다.

한데…….

"반응이 너무 늦었다, 검황."

뒤에서 유령처럼 아무런 기척도 없이 등장한 초류향은 자신의 앞에 멍청하게 서 있던 사자검군의 입과 코를 손으로 단단히 틀어막았다.

그리고 그의 혈도를 제압했다.

그를 뒤에서 끌어안은 그 상태 그대로 초류향은 한 걸음 뒤로 빠르게 물러섰다.

"네 이노옴!"

백무량은 조금 전까지 가지고 있던 여유를 벗어던지며 초류향을 향해 길게 손을 뻗었다.

하지만 초류향은 입가에 잔인한 미소를 그릴 뿐이었다.

콰아아아앙—!

방금 전까지 초류향과 사자검군이 서 있던 자리에 어마어마한 기운

의 덩어리가 내리꽂혔지만 백무량은 그의 사제를 찾을 수 없었다.

연기처럼 둘의 기척이 사라져 버린 것이다.

"이, 이이!"

처음부터 저놈이 노린 것은 자신의 사제였다.

애초부터 그와 정면 승부 할 생각 따위는 조금도 없었다.

'아직 늦지 않았다.'

초류향은 결국 이 진법 안에서 그의 감각을 속인 채 움직이고 있을 터.

'놈은 아직 근처에 있다.'

이건 확실했다.

그렇다면 남은 방법은 단 하나.

이 요망한 진법 자체를 부숴 버리는 것.

조금 전에 깜짝 놀라서 모아 놓았던 기운을 흩어 버린 것이 너무 후회스러웠지만 별도리가 없었다.

'제발 무사해라, 사제.'

사제 유설빈은 아무것도 눈치채지 못하고 있었다.

뒤쪽에서 누가 다가오는지도 모르고 있었던 것이다.

그 상황에서 완벽하게 제압까지 당한 상태였으니 이건 정말 시간이 없었다.

쿠그그극—

새하얗게 백열하는 기운이 백무량의 전신에 가득해졌다.

백무량은 침착하게 그것을 발끝에 응집시키고 호흡을 골랐다.

'모든 진법은 단단한 바닥을 중심으로 펼쳐질 수밖에 없지.'

힘이 절정에 달하는 바로 그 순간.

백무량은 바닥을 힘껏 내려찍었다.

쿠우우우웅—!

어마어마한 힘의 파동이 사방으로 퍼져 나가며 백무량을 중심으로 그의 주변이 미칠 듯이 물결쳤다.

하지만 백무량은 얼굴을 일그러뜨렸다.

"어째서……."

놀랍게도 진법은 그의 힘에도 깨어지지 않았다.

그저 잔잔한 호수에 돌을 던져 파문이 생겨난 것처럼 한동안 물결치듯 요란하기만 할 뿐.

다시 본래의 모습으로 돌아간 것이다.

"초류향……."

백무량은 절망적인 얼굴을 했다.

시간이 지남에 따라 점점 사제의 생사를 장담할 수 없게 된다.

'방법을 생각해야 한다.'

상황은 완전히 역전되었다.

시간은 더 이상 백무량의 편이 아닌 것이다.

*　　*　　*

사자검군은 심장이 떨어질 만큼 놀랐다.

뒤쪽에서 불쑥 튀어나온 손이 그의 입과 코를 틀어막고 혈도를 제압할 때.

순간적으로 심장에 차가운 피가 흐르는 느낌이 들 정도였으니까.

전신이 뻣뻣해지고, 그의 사형이 그를 보면서 절망적으로 손을 뻗는 모습이 느린 화면으로 망막에 맺혔다.

그리고.

그 순간 저승사자의 목소리처럼 무섭게 들리던 음성.

"이제야 비로소 너와 단둘이 있을 수 있게 되었구나, 유설빈."

"……!"

뒷목에서부터 전해져 오는 만족에 찬 놈의 음성에 유설빈은 속으로 낮게 이를 갈았다.

'겁을 먹었다? 내가?'

단순히 방심했을 뿐이다.

그뿐이다.

어쩌다가 뒤를 잡혀서 놈에게 기회를 준 것, 그 이상도 이하도 아니었다.

'겁먹지 마라, 유설빈. 이놈은 그때의 그 애송이야.'

유설빈은 급격하게 흔들리며 무너지려는 마음을 필사적으로 다잡았다.

확실히 상황은 좋지 않았다.

애송이에게 뒤를 내줬고 전신의 자유를 완벽하게 제압당한 상황.

하지만 그래, 단지 그것뿐이다.

'최악의 경우 죽으면 그만이다.'

어떤 상황에서건 죽음은 당당하게 받아들일 수 있다.

하나 겁을 집어먹고 비를 맞은 강아지처럼 공포에 떨 순 없었다.

그것은 본래 자신의 모습이 아닌 것이다.

그런 식으로 유설빈이 스스로를 빠르게 진정시키고 있을 때.

갑자기 뒤에서 그를 안고 끌고 가던 녀석이 작게 입을 열었다.

"내가 지금까지 이 순간을 얼마나 기다렸는지 너는 모를 것이다, 유설빈."

초류향의 목소리에서는 그 어떤 열망이 가득 느껴졌다.

유설빈은 초류향 앞에서 점점 작아지는 자신을 느끼며 발악하듯이 소리쳤다.

"……애송이, 너무 즐거워하지 마라. 그리고 나를 죽이고 바로 꼬리를 내린 개새끼처럼 도망치는 것이 너의 신상에 좋을 것이다. 내 사형을 언제까지 이런 허접한 진법 안에 가둬 놓을 수 있을 거라 생각하느냐?"

초류향은 피식 웃었다.

그리고 제자리에서 우뚝 멈춰 서서 유설빈의 몸뚱이를 뒤집은 다음 그의 멱살을 잡아 위로 들어 올렸다.

"맞다. 그를 이곳에 너무 오래 가둬 놓을 필요는 없겠지. 그러니 네 사형은 염려하지 마라, 유설빈. 너는 지금부터 네 파리 같은 목숨을 염려하는 것만으로도 충분하니까."

호랑이처럼 분노에 가득 찬 눈.

초류향의 그런 눈과 마주하는 순간 유설빈은 전신의 힘이 맥없이 탁 풀리는 것이 느껴졌다.

"이 새끼……."

유설빈은 낮게 이를 갈았다.

죽는다.

이놈은 진정으로 전심전력을 다해 자신을 죽이려 하고 있었다.

지금 초류향의 눈동자에는 너무도 순수한 분노와 원한이 가득했다.

한데도 이성을 잃지 않고 있었다.

놈은 그렇게 간절히 원하고 원하던 기회를 손에 잡았음에도 불구하고 크게 흥분하고 있지도 않았다.

이런 부류가 가장 위험하다.

한 번 잡은 기회를 절대로 놓치지 않을 놈들이니까.

'내가 죽는다고?'

유설빈은 스스로에게 질문하고 순간적이지만 오싹하는 공포를 느껴야만 했다.

아무리 부정하려고 해도 죽음에 대한 공포는 숨길 수가 없었다.

본능의 저 밑바닥에서부터 올라오는 것이기 때문이다.

그리고 그것은 그 어떠한 고수라고 하더라도 완전히 자유로울 수는 없는 부분이다.

'이게 진짜 내 모습이라는 말인가?'

자신에게 화가 났다.

오래전에 경계를 넘어서서 화경이라는 엄청난 경지를 이루었을 때.

이미 생과 사.

죽음과 삶에 대해서 완벽하게 초연해졌다고 생각했다.

그런데 막상 정말로 죽음이라는 것이 손에 잡힐 듯 가까이 다가오자 그때의 초연함은 흔적도 없이 사라지고, 두려움에 떨고 있지 않은가?

"죽음이라는 것이 막상 눈앞에 현실로 닥쳐오면 모두가 두려운 법이다. 내 스승님 역시 그러셨겠지."

초류향은 분노와 공포로 전신을 부들부들 떨고 있는 유설빈을 바라보다 그의 멱살을 쥐고 있는 손에 힘을 주었다.

뿌드드—

"하나 아느냐? 내 스승님께서는 나를 구하기 위해 돌아가셨다. 죽음의 공포에 맞서서 나를 지키기 위해 당신의 목숨을 던지신 것이다. 네놈의 검 앞에."

"……."

그때 조기천 스승님의 눈빛은 결코 잊을 수가 없었다.

죽음에 초연했을 뿐만 아니라 죽어 가던 와중에도 그는 오로지 제자의 안위만을 염려하지 않았던가?

"네놈이 여태껏 무사하게 살아 있어 줘서 나는 무척이나 기뻤다. 하늘이 나에게 직접 복수할 수 있는 기회를 줘서 얼마나 좋았는지 모른다."

초류향은 유설빈의 멱살을 쥔 채 그를 옆으로 휙 집어던졌다.

그러자 유설빈은 온몸의 감각이 갑자기 크게 확장되는 것을 느꼈다.

마치 깊은 물속에 잠겨 있다가 바깥으로 나온 듯 사방이 일시적으로 넓어진 기분을 느낀 것이다.

'진법 밖으로 나왔다.'

유설빈은 마른침을 삼켰다.

그때 바닥에 내팽개쳐진 그의 머리 위로 복면을 쓴 사내가 다가왔다.

"주군."

운휘였다.

초류향은 그를 보며 희미하게 미소 지었다.

"오래 기다렸습니까, 운휘 님?"

"아닙니다. ……한데 괜찮으십니까?"

"물론 보시는 것처럼 저는 괜찮습니다."

초류향은 두 손을 들어 올리며 씨익 웃어 보였다.

그는 정말 멀쩡했다.

게다가 기분도 무척이나 좋았다.

"검황은 아직 안에 있는 겁니까?"

"예. 아직 안에 있지요. 아마 진법을 부수기 위해 발버둥 치고 있을 겁니다."

초류향의 말을 듣자 운휘의 눈빛이 한층 신중해졌다.

"그렇다면 서둘러서 이 자리를 벗어나야 하지 않겠습니까?"

"예. 아무래도 진법의 유지 시간이 그리 길지 않으니까요."

이것은 어쩔 수 없는 선택이었다.

검황 정도의 고수를 가둬 두려면 유지 시간이 긴 진법은 너무 위험했다.

진법은 금방 허점을 보이고 결국에는 부서지고 말 것이다.

그래서 수명은 짧아도 그 어느 때보다 튼튼한 진법을 만들어야만 했다.

'그 기준이 된 것은 바로 나다.'

검황이 정확히 어느 정도의 힘을 가지고 있는지 초류향도 잘 가늠할 수가 없었다.

그래서 초류향은 스스로의 무력을 계산 안에 넣고 진법을 만들었다.

자신이 단순히 힘으로만 진법을 돌파하려고 할 때 어느 정도의 시간과 힘이 필요할지 계산해 보았던 것이다.

그렇게 해서 만들어진 진법이다.

태극검황이 초류향보다 강하다는 것을 전제로 만들었기 때문에 유지 시간은 엄청나게 짧아졌지만 그만큼 위력은 확실했다.

"앞으로 최소한 반 시진(한 시간) 정도는 여유가 있습니다."

운휘는 고개를 끄덕였다.

반 시진이면 충분했다.

'한 명의 목숨을 거두기에는 충분한 시간이다.'

게다가 지켜보고 있자니 유설빈은 아예 아무런 저항도 못 하는 상태가 아닌가?

저 상태라면 반 시진도 너무 긴 시간이었다.

그때 초류향이 천천히 유설빈을 향해 움직였다.

"죽음이 두렵나, 유설빈?"

"……."

유설빈은 대답하지 않았다.

그저 말없이 초류향을 노려보았을 뿐이다.

운휘는 그 모습을 지켜보다가 묵묵히 걸음을 옮겨 조금 멀찍이 떨어졌다.

주군께서 그토록 원하고 기다리던 복수의 시간이었다.

그것을 방해할 생각은 조금도 없었다.

게다가.

'솔직히 궁금하다.'

주군이 어릴 때부터 계획해 왔던 복수가 아닌가?

어떤 방식으로 복수를 할 것인지, 그 분노가 어느 정도인지 운휘도 궁금했기에 말없이 자리를 비켜 준 것이다.

"죽음을 걱정하는 것이라면 너는 조금도 걱정할 필요가 없다. 나는 너를 죽이지 않는다."

"나를 죽이지 않을 거라고? 웃기지 마라. 개소리 집어치우고 어서 죽여."

조금 전에 초류향이 보였던 순도 높은 분노는 자신의 몸뚱이를 천 갈래 만 갈래로 찢어 버려도 시원치 않을 정도가 아니었던가?

그것은 과거에 월인도법을 회수하러 갔다가 노인을 죽였을 때.

그때 노인의 시신을 안고 눈물 콧물을 흘리며 자신을 무섭게 노려보던 그 꼬마의 눈빛이었다.

유설빈은 더 이상 추해지고 싶지 않았다.

그런 유설빈을 보며 초류향이 담담하게 말했다.

"거짓이 아니다, 유설빈. 나는 정말 너를 죽이지 않는다."

하나 초류향은 말을 하며 차가운 미소를 입가에 그렸다.

"나는 과거에 무림인이 되기 전에는 죽음이 가장 무서운 것인 줄만 알았다. 하지만 강호에 뛰어들고 직접 이 세계를 경험해 보고 나서는 죽음보다 무섭고 두려운 게 있음을 알게 되었지."

초류향은 한 손을 들어 올리며 입을 열었다.

"그리고 너는 지금 내 분노를 받아야만 한다."

"네놈 설마……."

유설빈이 더듬거리며 겁에 질린 얼굴을 해 보였다.

지금까지 해 왔듯이 위압감을 느끼면서도 표정 관리를 하고 억지로 버티는 게 아니었다.

정말로 겁을 집어먹은 것이다.

초류향이 지금 무슨 짓을 하려는지 눈치챘으니까.

그가 들어 올렸던 손을 아주 천천히 유설빈의 단전에 올렸다.

"이, 이 개새끼!"

악에 받친 유설빈의 고함에 초류향은 고개를 저으며 담담하게 말했다.

"살아서 두 눈을 똑똑히 뜨고 지켜봐라. 네가 있는 세상이 어떻게 무너져 가는지 평생을 지켜보는 거다."

퍼억—!

초류향의 손끝에 모여 있던 기운이 유설빈의 단전을 헤집으며 지나갔다.

동시에 유설빈의 눈이 부릅뜨여지고 그의 입에서 지옥의 악귀가 내지르는 듯한 고통스러운 비명이 터져 나왔다.

"끄아아아악!"

유설빈이 산천초목이 떠나갈 듯 악을 썼다.

목에 굵은 핏대를 빳빳하게 세우며 소리를 질러 대던 그는 결국 꺽꺽거리며 입과 코에서 검붉은 피를 계속 토해 내기 시작했다.

단전이 완벽하게 부서진 것이다.

"너는 이제 무공을 잃고 평범한 사람이 되었다. 하나 그것으로는 내 스승님의 죽음에 대한 원금도 되지 않는다. 네 사형인 태극검황의 말처럼 이자도 받아야 하지 않겠느냐?"

이자?

평생 동안 연마한 무공을 잃은 지금, 아직도 잃을 게 더 남아 있단 말인가?

유설빈은 무려 화경의 고수였다.

이 세상천지에 무서울 것이 없었으며 어딜 가도 대우를 받았던 그가 아니었던가?

한데 지금 이 순간, 그 모든 것을 잃었다.

유설빈이 어마어마한 고통 속에 몸부림치면서도 원독에 가득 찬 눈

빛으로 초류향을 쏘아볼 때.

초류향은 그의 양쪽 팔을 움켜쥐며 말했다.

"앞으로 너는 다른 사람의 도움이 없이는 밥도 먹지 못하게 될 것이다."

유설빈은 전신을 부들부들 떨며 이를 악물었다.

이제는 두렵거나 무섭지 않았다.

단지 눈앞에 있는 이놈을 갈아 마시고 싶을 뿐.

"너 이 잔인한 새끼…… 그냥 죽여라. 그냥 나를 죽이라고! 이만하면 충분하잖아!"

초류향은 고개를 지었다.

"조금 전에도 말했지만 나는 너를 죽일 생각이 절대 없다, 유설빈."

오히려 살려 둘 것이다.

초류향은 그가 조금이라도 더 오래 살 수 있도록 상처도 곧장 치료해 줄 생각이었다.

그 전에 해야 할 일은 할 생각이지만.

좌아악—!

초류향이 내력을 유설빈의 몸 안으로 집어넣어 그의 팔 근육을 완전히 부숴 버렸다.

다시 한 번 유설빈의 입에서 처절한 비명이 터져 나오고 초류향은 그것을 묵묵히 지켜보았다.

'고개를 돌리면 안 된다.'

과거 공손천기가 수도 없이, 줄기차게 이야기해 왔었다.

“복수는 또 다른 복수를 낳는 법이다. 땡중들이 하는 뜬구름 잡는 소리처럼 들리겠지만 이건 실제로도 그렇거든. 너무 복수라는 것에 매달리지 마라. 그때는 모르지만 끝에 가면 결국 허망해질 뿐이다.”

복수라는 것은 초류향이 무공을 연마하게 되는 가장 직접적인 동기가 되었다.

그가 강함에 집착하고, 무공으로 무언가를 이루려고 했던 가장 궁극적인 이유는 결국 복수였다.

그리고 공손천기는 그 점을 염려했다.

“차후에 네가 힘을 얻어서 그놈에게 복수를 한다고 하더라도 그 끝에 무엇이 있는지 알고 있느냐? 결국에는 아무것도 없다. 그냥 단지 기분만 더러워질 뿐이다. 고작해야 그런 복수를 위해 네 인생을 낭비하는 것은 너무도 아깝지 않으냐? 그런 놈에게 네 인생을 허비하지 마라.”

공손천기의 걱정이 무엇인지 알았다.

하나 그 대단한 공손천기도 결국 초류향의 결심을 꺾지 못하고 무공을 전수해 주었다.

"결국 네가 모든 것을 직접 겪어 보아야 알게 될 일이겠지. 하면 한 가지만 말해 두마. 네가 복수를 할 때 절대로 그놈에게서 눈을 돌리지 마라. 고개도 돌리지 말고 숨도 쉬지 말고, 복수라는 놈을 똑똑히 지켜보아라. 그것이 얼마나 추악하고 더러운 놈인지, 놈의 솜털 하나하나까지 절대로 외면하지 말라는 말이다. 무슨 말인지 알겠느냐?"

'이제야 그때 그 말씀이 무슨 말씀인지 알겠습니다, 스승님.'

복수라는 놈은 확실히 공손천기 스승님의 말처럼 정말 추악하고 더러웠다.

자신이 이렇게까지 잔인하고 비정해질 수 있다니 초류향 스스로도 놀라울 정도다.

마음이 번잡하고 괴로웠다.

하나 어쩔 수 없었다.

'이것이 나의 복수다.'

각오했던 일이었다.

수십 번, 수백 번 오늘의 이 광경을 머릿속에 그려 가며 무공을 연마해 왔다.

지옥 같은 고통 속에서 유설빈이 천천히 정신을 잃어가는 것을 바라보던 초류향은 그의 입에 불사호심단을 털어 넣었다.

그리고 몸을 일으켰다.

"이제 갑시다."

"……."

초류향이 앞장서고 운휘는 그 뒤를 조용히 따랐다.

몇 년 동안 준비했던 복수를 드디어 이루었다.

하나 걸어가는 초류향의 표정은 괴로움과 후련함이 한데 섞여 무척이나 복잡해 보였다.

# 第十章
# 번뇌

“이거 참 난감하게 되었습니다.”

“그렇구먼.”

척계광과 주호유는 얼떨결에 이번 천마신교의 강호 정벌에 동참하게 되었다.

아무리 손님이라지만 그냥 계속 놀고먹기 뭐해서 주호유가 슬쩍 이야기를 꺼냈는데 마치 기다렸다는 듯이 전박이 그들의 동행 준비를 마친 것이다.

“이래서는 정말 반역이라고 해도 할 말이 없겠구먼.”

강호로 향하는 마차에서 척계광이 씁쓸한 어조로 중얼거리자 주호유가 흐릿하게 웃으며 말했다.

“그래도 나쁘지는 않은 기분입니다. 이런 말씀이 실례일 수도 있겠지만 근래에 보았던 어르신의 얼굴 중에 지금이 가장 좋아 보이십니다."

"그런가?"

"예."

주호유의 말을 들은 척계광은 빙긋 웃었다.

"아마도 기해혈이 되살아나서 그렇게 보이는 것일 수도 있네."

척계광의 말에 주호유는 눈을 번뜩였다.

"기해혈이 살아났다는 말씀은…… 혹 무공을 되찾을 수도 있다는 말씀이십니까?"

"단전이 파괴되었기 때문에 예전만큼은 아니겠지만 어느 정도는 복구가 가능하겠지."

"오오!"

주호유는 크게 탄성을 내지르며 진정으로 기뻐했다.

척계광을 보필하며 그의 강직함을 내심 존경하고 있던 주호유였다.

가망이 없는 줄 알았던 그의 내공이 돌아올 조짐이 보인다는 말은 주호유에게 있어서도 매우 즐거운 소식이었다.

"어느 정도까지 복구가 될 것 같습니까?"

이건 지금 시점에서 대단히 중요한 문제였다.

척계광의 무공이 회복된다면 앞으로의 계획을 새롭게 짤 수 있었던 것이다.

'어쩌면 다시 황실로 돌아갈 길이 열릴지도 모른다.'

주호유가 그런 기대를 가득 담아 척계광을 바라볼 때.

척계광이 입을 열었다.

"다행히 밥값 정도는 할 수 있을 것 같구먼."

"그렇다는 말씀은……."

"화경의 고수 정도는 감당할 수 있을 걸세. 이제 삼황급은 무리겠지만."

척계광이 씁쓸하게 말하자 주호유는 비명이라도 지를 것 같은 얼굴로 그를 바라보았다.

"그 정도가 어디입니까? 어르신께서 어떤 몸 상태였는지 벌써 잊으셨습니까?"

주호유의 약간 핀잔 어린 말투에 척계광은 그를 물끄러미 바라보다 피식 웃었다.

"자네는 무인이 아니라 화경의 고수와 삼황급의 고수가 얼마나 많은 차이가 있는지 모르는구먼."

"그래 봐야 다 같은 화경의 고수가 아닙니까?"

"아닐세. 화경 이상의 단계를 정확하게 구분 짓지 못해서 그렇게 뭉뚱그려 부르지만 사실 삼황급의 고수라면 혼자서 화경의 고수 대여섯 정도는 능히 감당할 수 있지."

"……그렇게나 차이가 심합니까?"

척계광은 고개를 끄덕였다.

그리고 입을 열었다.

"나 역시 화경에서 삼황급이라 불리는 벽에 도달하기까지 삼십 년이 넘게 걸렸네. 둘 사이의 차이는 단순히 말로는 설명하기 힘들 정도로 어마어마하지.”

척계광의 설명을 들은 주호유는 고개를 끄덕였다.

삼십 년이라는 세월이 주는 무게감에 저절로 수긍하게 된 것이다.

그러자 한 가지 의문이 떠올랐다.

“그렇다면 신입의 경지라 불리는 공손천기는 대체 어느 정도라는 말입니까?”

“그가 소문대로 정말 신입의 경지에 들어섰다면…….”

“들어섰다면?”

“삼황급의 고수 대여섯이 한꺼번에 달려들어야겠지.”

주호유는 눈을 깜빡거렸다.

그러다 불쑥 입을 열었다.

“그래서 과거에 그를 죽이기 위해 천하 사패와 힘을 합치려 한 것입니까?”

“그렇다네. 아마 그래도 힘들었을지도 모르지.”

“그가 사라져서 진심으로 다행입니다.”

“솔직히 나도 그렇게 생각하네.”

척계광은 편안하게 웃어 보였다.

주호유도 무언가 무거운 짐을 내려놓은 듯한 얼굴로 그를 바라보며 빙긋 웃어 주었다.

그러다 문득 생각난 듯 주호유가 입을 열었다.

“그러고 보니 강호에 나가면 꼭 한번 보고 싶은 사람이 있었습니다.”

“누군가?”

"이름은 계속 들어 봤던 사람인데 정작 그를 만날 기회는 없었습니다. 어차피 이번에는 시간에 여유가 있으니 그 사람을 만나러 가 보고자 합니다. 어르신도 함께 바람이나 쐬러 가 보시겠습니까?"

척계광은 고개를 끄덕였다.

"그럼세."

"감사합니다."

"한데 그 만나고 싶다는 사람이 대체 누군가?"

주호유는 잠시 기억을 더듬으며 이름을 떠올렸다.

"마테오…… 리치? 바다를 건너온 색목인입니다."

주호유 역시 예전의 초류향처럼 마테오 리치를 만나 산법에 대해 이야기를 나누고 싶어 했다.

하나 이런 단순한 마음에서 시작된 만남으로 인해 엄청나게 복잡한 일에 휘말리게 될 줄을 그는 이때에는 상상도 하지 못했었다.

* * *

노진녕은 천마신교가 만들어 놓은 비밀 장원에 누워서 빈둥거리고 있었다. 그의 회복력은 정말 경이적인 수준이라 불과 며칠 만에 자리를 털고 일어나 움직일 정도가 되었던 것이다.

문제는 자리에서 일어나도 딱히 할 일이 없다는 것 정도였다.

"우리 교주님은 언제쯤 오시려나……."

초류향은 아주아주 중요한 복수를 위해 그를 이곳에 남겨 두고 운휘와 함께 떠났다.

한데 그가 언제 다시 돌아올지는 아무도 모르는 일이었다.

'금방 오시겠지.'

처음 이틀은 그렇게 생각하며 기다렸다.

한데 사흘이 지나고 나흘이 지나고, 무려 오 일이 지나는 동안 아무런 연락도 없자 이제는 노진녕도 한계에 다다랐다.

"이대로는 안 되겠어."

걱정이 되었다.

운휘.

그 음침하고 비리비리한 녀석에게 교주님의 목숨을 맡기고 무작정 기다린다는 것은 역시 호위무사로서 바람직하지 못한 행동이다.

노진녕이 그렇게 마음먹고 성치 않은 몸을 이끌고 바깥으로 나가기로 결심한 그때. 조용하던 장원이 갑작스레 소란스러워졌다.

"어라?"

가볍게 몸을 풀며 몸 상태를 점검하고 있던 노진녕은 무언가를 예감하며 후다닥 뛰쳐나갔다.

과연 그의 짐작대로 초류향이 때마침 돌아왔다.

"오셨습니까, 주군? 복수는 잘하셨습니까?"

초류향을 보며 노진녕이 정말 반갑게 물었다.

노진녕의 악의 없는 직설적인 질문을 받은 초류향은 입가에 쓴웃음을 그리며 말을 돌렸다.

"몸 상태는 어떻습니까? 벌써 이렇게 뛰어다녀도 되는 겁니까?"

"으흐흐, 건강한 것 빼면 시체 아니겠습니까, 제가!"

운휘는 헤헤거리며 웃는 노진녕을 잠시 한심하게 바라보다가 입을 열었다.

"어서 들어가서 여독을 푸시는 게 좋을 것 같습니다, 주군."

"그러는 게 좋겠습니다."

운휘와 초류향이 장원 안으로 들어가자 그들을 따라가며 노진녕이 입을 열었다.

"그러고 보니 본교에서 연락이 왔습니다, 주군."

"무슨 연락이 온 겁니까?"

"전 호법님이 모든 것은 계획대로 진행되고 있다고 교주님께 전해 달라 했습니다."

초류향은 고개를 끄덕였다. 계획대로 진행되고 있다는 뜻은, 천마신교가 드디어 천하에 발을 내디뎠다는 뜻일 터.

"드디어 시작이군요."

"예, 주군."

천마신교는 곧장 그들이 있는 섬서성으로 진군을 할 것이다.

이곳까지 오는 길에 그 어떤 적들이 있건, 어떤 세력이 있건 상관이 없었다.

'모조리 다 부수며 진군할 테니까.'

이 넓은 땅덩어리 전체를 효과적으로 복속시키려면 처음부터 적들에게 공포를 심어 주는 것이 가장 좋았다.

그것이 초류향이 내린 판단이었고, 천마신교 수뇌부도 그 의견에

동의했다.

막아서는 적이 있으면 그들은 정말 먼지 하나 남기지 않고 소멸되어 없어질 것이다.

"잠시 혼자서 좀 쉬고 싶군요."

정말 쉬고 싶었다.

복수는 계획대로 성공했지만 예상과는 다르게 머리가 너무도 복잡했던 것이다.

'나는 단지 해야 할 일을 했을 뿐이다.'

그렇게 몇 번이고 마음을 다잡았지만 역시 어딘가에서 미묘한 마음의 들썩임이 있었다.

'번뇌인가…….'

그 말이 지금의 그에게 가장 어울리는 단어인 것 같았다.

운휘와 노진녕은 그런 초류향의 표정을 살펴보다가 고개를 끄덕이며 대답했다.

"확실히 많이 피곤해 보이십니다, 주군. 그럼 푹 쉬십시오, 헤헤."

"가까운 곳에서 주군의 부름을 기다리고 있겠습니다."

저 꼬장꼬장한 운휘가 아무런 저항도 없이 물러서자 노진녕은 의아한 얼굴을 해 보였다.

그리고 초류향이 쉬고 있는 방에서 물러나와 운휘를 따라가며 물었다.

"밖에서 무슨 일 있었냐? 주군도 그렇고 너도 그렇고 분위기가 왜 그래?"

둔감하기로 유명한 노진녕이었지만 그도 무언가 이상하다는 것을 눈치챈 모양이다.

새삼 놀랐다는 얼굴로 노진녕을 바라보던 운휘가 입을 열었다.

"주군께서는 지금 복수가 끝나셔서 혼란스러워하고 계신다."

"응? 복수가 끝났는데 왜 혼란스러워하셔? 후련하신 게 아니고?"

노진녕이 이해가 되지 않는다는 얼굴로 묻자 운휘가 입을 열었다.

"교주님도 이번만큼은 너처럼 단순하게 생각하셨으면 좋겠다."

운휘는 그 말을 마지막으로 그림자 속으로 몸을 숨겼다.

더 이상 설명하기도 번거로웠던 것이다.

"뭐야? 어디 갔어?"

노진녕이 주변을 두리번거리며 운휘를 찾았지만 이미 그는 거기에 없었다.

"젠장, 몸만 회복되어 봐라. 한 방 먹여 주마, 복면."

노진녕은 서문현아에게 입은 부상 때문에 초류향을 따라가지 못한 것이 지금 너무도 아쉬워졌다.

*　　　*　　　*

쾅—!

정도맹은 갑작스럽게 들이닥친 태극검황 백무량으로 인해 크게 소란스러웠다.

백무량은 사전에 아무런 언질도 없이 갑작스럽게 정도맹으로 찾아

왔고, 분노한 그를 막을 자는 아무도 없었다.

"나무아미타불……."

정도맹주인 공야 신승은 자신과 마주 앉아 있는 백무량을 바라보며 염불을 외웠다.

"대체 무슨 일이 있었던 게요? 도군에게 사자검군이 당한 것이외까?"

"……."

"답답하구려. 자초지종을 알아야 우리도 무언가 도울 수 있지 않겠소이까?"

태극검황 백무량.

그는 며칠 사이에 무척이나 야위어 있었다.

과거에 마황 공손천기에게 패배했을 때도 이렇게까지 초췌한 모습은 아니었다.

그날의 패배도 속으로는 마음이 문드러질지언정 적어도 겉으로는 담담한 척 여유롭게 받아넘겼던 것이다.

'한데…….'

대체 무슨 일이 있었던 것일까?

도군에게 조력을 구하러 갔던 백무량이다.

도군을 끌어들이기만 한다면 천마신교와의 싸움에서 상당히 유리해질 수 있었기에 본인이 자청해서 간 것이었는데…….

'사자검군 유설빈은 폐인이 되어서 돌아왔고, 검황 역시 정상이 아니라…….'

곤란한 일이었다.

곧 있으면 천마신교와의 피할 수 없는 일전이 있는데 정도맹의 핵심 전력이라 할 수 있는 사람들이 이 모양이 되어 버렸으니…….

공야 신승은 답답하고 안타까운 마음에 계속 염불만 외웠다.

"그럼 나중에 다시 찾아오겠소이다. 언제라도 마음이 바뀌면 찾아오시오."

공야 신승이 고개를 절레절레 저으며 바깥으로 나가려 할 때.

석상처럼 굳어져 있던 백무량의 입이 처음으로 열렸다.

"……교주를 만났다."

"음?"

걸음을 멈춘 공야 신승은 제자리에서 고개를 갸웃거리다 말했다.

"교주라면 천마신교의 교주를 말하는 것이외까?"

백무량은 고개를 끄덕였다.

공야 신승의 눈가에 긴장감이 떠올랐다.

그때 백무량이 짙은 회한이 가득한 눈빛으로 공야 신승을 바라보며 입을 열었다.

"사제는 앞으로 영원히 두 팔을 쓸 수가 없다더군. 검을 다루는 자가 팔을 못 쓰면 죽은 것과 다름이 없지. 게다가 그놈은 잔인하게도 내 사제의 단전까지 완전히 부숴 놨네."

"나무아미타불……."

"내 오만함으로 인해 사제가 그 악독한 놈의 손에 망가졌지. 나는 이제 반드시 그 복수를 해야 해, 땡중."

멈췄어야 했다.

사자검군 유설빈.

그 아이가 찜찜하다고 했을 때, 그 말을 귀담아 들었어야 옳았다.

'만약 그때 발길을 돌렸으면, 그랬다면 이런 최악의 사태도 벌어지지 않았을 것을…….'

백무량의 얼굴에 짙은 괴로움이 떠올랐다.

"……아미타불."

공야 신승은 복잡한 얼굴을 해 보였다.

어쩌다가 교주와 검황이 마주치게 된 것일까?

그리고 그들이 마주친 것보다 더 난감한 것은 검황이 곁에 있었음에도 불구하고 유설빈이 저런 상태가 되었다는 것이다.

이것은 하나의 충격적인 사실을 말해 주고 있었다.

'교주가 예상보다 더욱 강하다는 말인가?'

현재 천마신교 교주의 나이를 짐작했을 때.

제아무리 고수라 하더라도 검황의 상대는 되지 못한다고 여겼다.

정도맹에 속한 모두의 생각이 그러했고, 천하의 사람들 대다수가 그렇게 생각했다.

아무리 재능이 있어도 주어진 시간 자체가 압도적으로 다르니까.

한데 이런 일이 벌어지다니?

'큰일이구나…….'

공야 신승의 복잡한 마음과는 상관없이 백무량이 계속 입을 열었다.

“이보시게나, 땡중.”

“아미타불. 말씀하시오, 검황.”

“나는 지금부터 교주의 배를 산 채로 갈라 그 심장을 꺼내어 사제에게 바칠 생각이네. 가장 완벽한 복수를 할 생각이지.”

공야 신승은 살기가 가득한 백무량의 말에 고개를 절레절레 저으며 말했다.

“복수는 결국 복수를 부르는 법이외다. 검황께서는 대의에 따라 행동하시는 게 좋겠소이다.”

백무량은 차갑게 웃었다.

이것은 예상했던 대답이었고, 그 말에 대한 답도 이미 정해 놓았다.

“대의? 나는 이제 그런 것 따위 아무런 상관이 없네. 그놈은 본 파의 미래를 부숴 놓았고, 내 자존심과 이름을 산산조각 내 버렸네. 나는 그놈뿐만이 아니라 천마신교 자체를 아예 없애 버릴 생각일세.”

백무량은 지난 며칠 동안 머릿속을 어지럽히던 생각들을 모조리 정리했다.

사실 당장이라도 교주의 소재를 파악해서 혼자 쳐들어가고 싶은 마음이었다.

‘하지만 그래서는 안 된다.’

그의 사제가 당한 것도 앞뒤를 생각하지 않고 경솔하게 움직였기 때문이 아닌가?

이제는 그럴 수 없었다.

폐인이 되어 버린 사제를 위해서라도 그럴 순 없는 것이다.

"자네, 과거에 황실 쪽에 연줄이 닿아 있다고 하지 않았던가?"

황실?

공야 신승이 의아한 얼굴을 해 보일 때.

백무량이 입을 열었다.

"지금의 나는 조금이라도 도움이 된다면 악마와도 손을 잡을 수 있네."

"검황께서는 늑대를 쫓자고 호랑이를 집안으로 불러들일 생각이시외까? 황실 쪽은 이제야 겨우 잠잠해진 상황이외다."

황실은 지금 정치적인 이유로 숨을 죽이고 있는 상황이었다.

괜히 긁어 부스럼을 만들면 정도맹만 무척 곤란해지는 것이다.

"방금 말했잖나. 호랑이든 뭐든 천마신교 놈들을 가루로 만들 수 있다면 사양하지 않을 생각일세. 원한다면 그깟 자존심, 얼마든지 굽혀 주지."

백무량은 자리를 털고 일어서며 공야 신승에게 말했다.

"초류향이라고 했던가? 그 어린놈의 심장은 이제부터 내 것이다."

천마신교가 본격적으로 천하에 힘을 보이기 직전.

태극검황 백무량.

그는 자신이 가지고 있는 모든 방법을 동원하기로 마음먹게 되었다.

그 어떤 피해를 감수하고서라도…….

*　　*　　*

눈을 떠 보니 저녁이었다.

초류향은 상체만 일으켜 자리에 앉은 채 창밖을 멍하게 바라보았다.

바깥에는 봄비가 내리고 있었다.

고요히 가라앉은 그 빗소리를 들으며 초류향은 가만히 생각에 잠겼다.

'내 복수는 끝났다.'

조기천 스승님의 죽음.

그것에 대한 복수를 드디어 하게 되었다.

이미 오랜 시간이 흘렀지만 복수를 위해 그가 유설빈에게 행한 행동은 분명 틀리지 않았다.

그동안 수없이 반복해서 생각해 왔던 일이니까.

하나 이상하게도 마음이 불편했다.

이유는 잘 모르겠지만 어딘가가 개운치 않았던 것이다.

초류향이 천천히 몸을 일으켜 느릿하게 문을 열자 그 앞에 기다렸다는 듯이 운휘가 나타났다.

"주군."

"빗속에서까지 기다릴 필요는 없습니다, 운휘 님. 지금은 당장 급한 일도 없지 않습니까?"

"……."

"……일이 생긴 겁니까?"

운휘는 무거운 얼굴로 고개를 끄덕였다.

좋지 않은 느낌이 들었다.

초류향이 머리를 쓸어 올리며 운휘에게 말했다.

"일단 안으로 들어가서 이야기하지요."

운휘를 데리고 안으로 들어온 초류향은 탁자에 앉았다.

그 잠깐 사이 초류향은 머릿속으로 여러 가지 상황을 계산해 보았다.

하나 아무리 여러 가지 일들을 검토해 보아도 정말 큰일이라 여길 만한 변수는 존재하지 않았다.

'그래서 불길하다.'

힘든 일들은 항상 예상 범위 바깥에서 일어난다.

그리고 그런 종류의 변수야말로 감당하기 어려운 변수였다.

"이야기해 보세요."

"문제가 생겼습니다."

"문제요?"

운휘는 진지한 눈빛으로 가지고 있던 서찰을 초류향에게 건네주었다.

"직접 보시는 편이 빠를 것 같습니다."

"……."

초류향은 운휘가 건네주는 서찰을 받아 읽기 시작했다.

서찰은 비마대의 정보원이 특급 사안으로 보낸 것이었다.

그것을 읽는 동안 초류향의 표정이 급격히 어두워졌다.

'공손아리…….'

서찰에는 공손아리에 관한 일이 적혀 있었다.

초류향은 다 읽은 서찰을 와락 구겨 버리며 얼굴을 찡그렸다.

"이게 사실입니까?"

"예."

"이게 대체 언제 벌어진 일입니까?"

"저희가 태극검황과 조우하기 직전에 벌어진 일입니다."

초류향의 얼굴 위로 복잡한 감정이 떠올랐다.

그가 한창 개인적인 복수에 열을 올리고 있을 때.

공손아리에게 일이 생긴 것이다.

"어째서 리 선생이 공손아리를 황실로 데려간다는 말입니까?"

"그 이유에 대해서는 지금 비마대의 특급 정보원들이 최대한 빨리 알아보고 있습니다."

운휘의 보고를 들으며 초류향은 입술을 깨물었다.

갑자기 좋지 않은 예감이 들었기 때문이다.

'그래도 그녀 곁에는 막수가 있다.'

불행 중 다행이라면 공손아리의 안전에 대해서는 전혀 걱정하지 않아도 된다는 점이었다.

그 부분에서 마음이 조금 풀어지는 초류향이었다.

'리 선생께서는 왜 하필 지금 같은 시기에 그녀를 황실로 데려갔을까?'

다각도로 고민해 보았지만 어떤 결론을 내리기에는 정보가 너무 부족했다.

초류향이 초조한 얼굴을 해 보일 때.

운휘가 조심스럽게 입을 열었다.

"직접 찾아가 보시겠습니까, 주군?"

"……."

초류향은 잠시 생각하다가 고개를 저었다.

일이 벌어진 것이 사흘 전이니, 지금쯤이면 이미 황실의 주요 세력과 마주했을 가능성이 높았다.

아직은 황실과 드잡이질을 벌이기 곤란했다.

그래서 답답한 것이다.

'분명 손만 뻗으면 닿을 수 있는 거리였다.'

복수를 마치고 곧장 움직였다면, 어쩌면 아슬아슬하게 그녀를 마주했을지도 모른다.

그랬다면 그녀를 설득해서 별 탈 없이 수습할 수 있었을지도 모른다.

한데 그러지 못했다.

그녀와 만나면 무슨 말을 어떻게 해야 할까?

거기에서 오는 잠깐의 망설임과 복수가 끝난 후에 찾아온 약간의 허무감이 모든 일을 망쳐 버린 것이다.

"……일단 본 교의 병력과 합류해야겠습니다."

지금은 강호에 나와 있는 천마신교의 세력과 합류하는 게 우선이었다.

운휘는 초류향의 표정에서 그의 복잡한 심경을 읽었지만 굳이 그것을 표현하지는 않았다.

"그럼 마차를 준비시키겠습니다."

"서둘러 주세요."

"예, 주군."

이대로 공손아리와의 거리가 더욱 멀어지는 듯한 기분에 초류향은 어두운 얼굴을 해 보였다.

'눈앞에서 거절을 당하더라도 직접 만나서 이야기를 해 봤어야 했다.'

그 짧은 머뭇거림이 지금 너무도 후회스러운 초류향이었다.

*　*　*

[그 녀석 말고도 재미있는 인간이 또 있었군. 몸뚱이는 그대로인데 눈만 뜨여 버린 인간이라니…… 참으로 괴상하기도 하다.]

막수는 공손아리의 무릎에 앉아서 흥미롭다는 듯이 눈을 빛냈다.

그의 시선이 향하는 곳에는 마테오 리치가 앉아 있었는데, 마테오 리치 역시 그런 막수를 신기하다는 눈으로 바라보았다.

"신기하구려. 그대는 내 눈으로 보았을 때 도저히 그 깊이가 보이지 않소."

[이제 막 눈을 뜬 인간 따위가 나처럼 위대한 존재를 감히 파악하려

하다니, 건방지구나. 그런 어설픈 것으로 이 몸이 감당이 되겠느냐?]

막수가 오만하게 웃으며 말하자 마테오 리치는 고개를 끄덕이며 감탄했다.

확실히 눈앞에 있는 존재는 대단했다.

겉보기에는 평범한 토끼의 모습을 하고 있었지만 내부에는 정말 상상도 못 할 정도로 어마어마한 힘이 꿈틀거리고 있었으니까.

엄청난 빛무리가 토끼 주변에 가득했다.

"이쪽 대륙에는 그대와 같이 깨달은 존재들이 많은 것이오?"

[어중이떠중이들은 꽤나 많지. 나와 같은 진짜배기가 드물 뿐.]

"옆에서 주무시고 계신 저분도 그대와 비교했을 때 손색이 없어 보이오만."

마테오 리치가 린의 무르팍에 달랑 놓여 있는 거북이 등껍질을 보며 말하자 막수가 언짢은 얼굴을 해 보였다.

[뭍에서는 힘을 못 쓰는 저런 반편이와 이 몸을 비교하지 마라. 늙은이.]

낮은 울림.

막수가 정말로 불쾌해하자 마테오 리치는 어색한 얼굴로 사과했다.

"미안하오. 기분 나빴다면 사과하겠소."

[됐다. 너의 사과 따위 들어 봤자지.]

막수는 그 말을 마지막으로 눈을 감았다.

굳이 인간 따위와 길게 언쟁해 봐야 남는 게 없다고 여긴 것이다.

그렇게 그가 침묵을 지키자 마테오 리치는 뒷머리를 긁적이다 공손아리를 보며 입을 열었다.

"토 선생께서 기분이 무척 상한 모양이외다. 아무래도 내가 큰 실수를 한 모양이오."

공손아리도 그런 마테오 리치를 바라보며 고개를 끄덕였다.

"아무래도 그러신 거 같아요."

마테오 리치는 공손아리의 긍정에 씁쓸하게 웃은 후 화제를 돌렸다.

"황실 쪽에 그대가 찾고 있던 사람이 와 있긴 하지만 아무래도 그곳으로 가는 것은 그대에게 불편하지 않겠소?"

"괜찮아요, 저는. 게다가 딱히 할 일도 없거든요."

"그렇다면 다행이구려."

공손아리가 천마신교의 사람인 것은 마테오 리치도 알고, 건안왕도 알고 있었다.

그랬기에 그녀가 겁도 없이 황실로 가겠다는 이야기를 꺼냈을 때는 오히려 그들이 깜짝 놀랐다.

"왕야께서 그대를 보면 많이 좋아하실 게요."

정확하게는 지금 공손아리 옆에 있는 선우초린을 보며 좋아하겠지만.

그때 공손아리가 진지한 얼굴로 고개를 저었다.

"리 선생님."

"말씀하시오."

"저는 왕야를 보러 황실로 가는 게 아니에요. 저는 제 하나뿐인 외삼촌을 보러 가는 거예요."

외삼촌.

그랬다.

공손아리가 위험을 감수하면서까지 황실에 가려는 이유.

그것은 바로 그녀의 어머니 쪽 친척이라는 사람이 황실에 있기 때문이었다.

"무슨 말인지 알겠소. 내가 그럼 그 사람과 따로 만날 수 있게 해 주겠소이다."

"감사해요."

마테오 리치의 대답을 들은 공손아리는 빙긋 웃어 보였다.

그 웃음을 보며 마테오 리치는 고개를 끄덕였다.

"그대의 외삼촌이라는 사람 역시 이번에 그대를 보기 위해 바다를 건너 여기까지 찾아왔다고 하오. 듣자 하니 그는 제법 고귀한 신분이라 하더이다."

"그렇군요……."

그때.

잠자코 이야기를 듣고 있던 막수가 눈을 뜨며 말했다.

[이번에 바다를 건너왔다고?]

"그렇소."

[하면 집채만큼 커다란 배를 타고 건너왔다는 게 너희들이었냐?]

"……그렇소이다만? 한데 토 선생께서는 그것을 어떻게 아시오?"

마테오 리치가 의아한 얼굴로 묻자 막수의 눈빛에 장난기가 떠올랐다.

[이거 일이 아주 재미있어지네. 이번에 바다를 건너온 놈들이 황실에 들어가 있다고?]

"그렇소. 바다를 건너오면 제일 먼저 황실에 들러 그 목적과 이유를 보고 해야 하지 않소이까?"

[크크, 그런 거냐? 이거 아주 흥미진진해지는구만.]

"무엇이 말이오?"

[네놈 태도를 보니 너희들은 아마 모르고 데려왔을 가능성이 농후하겠지만…….]

마테오 리치가 무슨 말인지 영문을 모르겠다는 얼굴을 할 때.

막수가 그를 힐긋 바라보며 음흉하게 웃었다.

[꼴을 보니 네놈도 '그놈들'을 직접 본 적은 없는 모양이구만. 이번 기회에 가서 네 눈으로 보거라. 그럼 알게 될 게다.]

"……무슨 말인지 모르겠소만……."

마테오 리치는 여전히 어리둥절한 기색이었지만 막수는 더 이상 대답해 주지 않았다.

그저 기분이 좋아졌는지 코끝을 씰룩거리며 입가에 하나 가득 미소를 그린 채 마테오 리치를 바라볼 뿐이었다.

[무료할 것이라 생각했는데 아니었구만.]

초류향에게서 벗어나니 하계는 온통 무료한 일투성이였다.

그 버르장머리 없는 놈이 비록 싸가지는 없었지만 그래도 같이 있으면 확실히 심심하지는 않았는데…….

‘그러고 보니 그놈은 아마 지금쯤 열심히 쫓아오고 있겠지?’

인간들의 일에는 그다지 관심이 없는 막수였지만 초류향이 몸담고 있는 단체와 황실이 그다지 좋지 않은 관계라는 것쯤은 알고 있었다.

그래서 공손아리가 황실에 간다고 했을 때 굳이 반대하지 않은 것이다.

‘제 여자가 적에게 가고 있으니 아마 그놈 몸이 바짝 달아올랐을 게야.’

초류향이 안달하며 쫓아오고 있을 생각을 하니 흐뭇해지는 막수였다.

* * *

초류향과 막수가 각각의 생각에 잠겨 있는 현재로부터 열흘 전.

남궁옥빈은 어이없는 얼굴로 정면을 바라보았다.

그곳에는 만신창이가 된 팽가호가 서 있었다.

“……뭐냐, 그 꼴은?”

“그렇게 되었어.”

“볼일 보러 간 녀석이…… 그 사이에 호랑이라도 만난 거냐?”

팽가호는 멍이 든 팔다리에 고약을 바르며 피식 웃었다.

“호랑이라…… 그래, 차라리 그놈이 호랑이였으면 좋았겠다.”

“그놈?”

팽가호는 거기까지 말하고 더 이상 대답하지 않았다.

그저 상처 부위에 열심히 고약을 바를 뿐이었다.

이상한 것은 팽가호의 표정이 대단히 홀가분해 보인다는 것 정도.

“그런 놈이 있다. 생각보다 무척이나 강한 놈이었어.”

“……?”

남궁옥빈은 팽가호의 묘한 어투에서 이상한 것을 감지했다.

‘생각보다 무척이나 강했다?’

그 말을 듣는 순간 어떤 예감이 남궁옥빈의 뇌리를 스쳤다.

남궁옥빈은 고약을 덕지덕지 바르고 있는 팽가호에게 다가가 그의 멱살을 잡으며 말했다.

“설마 녀석을 만난 거냐?”

팽가호는 선선히 고개를 끄덕였다.

그리고 저쪽 옆에 앉아 있는 서문현아를 눈짓하며 말했다.

“그래. 만나고 왔지.”

팽가호가 초류향의 이름을 말하지 않은 것은 아마도 서문현아가 신경 쓰였기 때문일 터.

남궁옥빈도 그것을 눈치챘기에 마른침을 삼킨 후 입을 열었다.

“왜 날 부르지 않았어?”

“그 녀석이 나만 보고 싶어 했거든.”

“……정말?”

“응.”

팽가호는 멍청하게 굳어 있는 남궁옥빈의 어깨를 가볍게 툭툭 치며 입을 열었다.

“너무 서운하게 생각하지 마. 그 녀석 나랑 정리할 게 좀 많이 있었거든. 너도 알잖아?”

남궁옥빈은 침중한 얼굴로 고개를 끄덕였다.

확실히 납득은 할 수 있었다.

초류향과 팽가호의 관계가 보통 끈끈한 게 아니라는 것쯤은 그도 이미 알고 있었으니까.

그래도 서운한 마음이 드는 것까지는 어쩔 수 없었다.

“……이곳까지 왔었던 건가?”

“응. 바로 코앞까지.”

여기까지 왔는데 아는 척도 안 할 줄이야…….

하긴 그것이 서로를 위해 좋은 것이긴 했지만.

“만나 보니 어땠어?”

팽가호는 고약을 바른 부분을 붕대로 칭칭 동여매며 히죽 웃었다.

“많이 변해 있었지. 키도 컸고…… 어? 그러고 보니 이제 너보다 더 클걸?”

“……그건 좀 충격적인 사실이네.”

팽가호는 고개를 끄덕였다.

그리고 실실 쪼갰다.

초류향이 자신에게 엄청난 것들을 전해 주었기 때문이다.

비록 두들겨 맞으면서 체득한 것이긴 하지만 그것은 분명 장차 팽가호에게 든든한 재산이 될 것이다.

그때.

그들의 이야기를 구석에서 가만히 듣고 있던 서문현아가 불쑥 입을 열었다.

"꼬맹이들. 너희 천마신교의 교주랑 무슨 사이지?"

"……!"

팽가호와 남궁옥빈이 눈을 동그랗게 뜨고 서문현아를 바라볼 때.

그녀가 자리에서 주섬주섬 일어나며 입을 열었다.

"숨길 생각 하지 마. 뒈지고 싶지 않으면."

팽가호와 남궁옥빈은 그때 알 수 있었다.

서문현아가 그들로서는 상상도 못 할 어마어마한 수준의 고수라는 사실을…….

그게 기묘한 동행의 시작이었다.

〈다음 권에 계속〉